# WILLIAM SHAKESPEARE

THEATRALISCHE WERKE

IN 21 EINZELBÄNDEN

ÜBERSETZT VON

CHRISTOPH MARTIN WIELAND

*

HERAUSGEGEBEN VON

HANS UND JOHANNA RADSPIELER

*

BAND 5

DER STURM; oder: DIE BEZAUBERTE INSEL.

WILLIAM SHAKESPEARE

# *Der Sturm;*
oder:
# *Die bezauberte Insel.*

ÜBERSETZT

VON

CHRISTOPH MARTIN WIELAND

HAFFMANS VERLAG ZÜRICH

Im Auftrag der
Hamburger Stiftung zur Förderung von
Wissenschaft und Kultur
nach der ersten Zürcher Ausgabe
von 1762 bis 1766
neu herausgegeben von
Hans und Johanna Radspieler

Konzeption und Gestaltung von
Urs Jakob, Haffmans Verlag AG, Zürich

Satz: LibroSatz, Kriftel
Herstellung: Offizin Andersen Nexö, Leipzig
ISBN 3 251 20141 7

# *Der Sturm;*
## oder:
# *Die bezauberte Insel.*

PERSONEN.

Alonso, König von Neapel.
Sebastian, dessen Bruder.
Prospero, rechtmässiger Herzog von Meiland.
Antonio, dessen Bruder, und unrechtmässiger Innhaber von Meiland.
Ferdinand, Sohn des Königs von Neapel.
Gonsalo, ein ehrlicher alter Rath des Königs.
Adrian, Francisco, } Zween Herren vom Adel.
Caliban, ein wilder und mißgeschaffner Sclave.
Trinculo, ein Hofnarr.
Stephano, ein berauschter Kellermeister.
Schiffspatron, Hochbootsmann und Matrosen.
Miranda, Prosperos Tochter.
Ariel, ein Sylphe.
Iris, Ceres, Juno, Nymphen, Schnitter, } Geister, die zu einer allegorischen Vorstellung gebraucht werden.

# *Erster Aufzug.*

---

## ERSTE SCENE.

*In einem Schiff auf dem Meer.*

*Man hört ein Getöse von einem heftigen Sturm, mit Donner und Blizen. Der Schiffspatron und der Hochbootsmann treten auf.*

SCHIFFSPATRON.

Hochbootsmann --

BOOTSMANN.

Hier, Patron: Wie steht's?

PATRON.

Gut; redet mit den Matrosen; arbeitet mit den äussersten Kräften, oder wir gehen zu Grunde; greift an, greift an!

*(Geht ab.)*

*Etliche Matrosen kommen herein.*

BOOTSMANN.

Hey, meine Kinder; munter, meine Kinder! hurtig! hurtig! Zieht das Bramsegel ein! gebt auf des Patrons Pfeifchen acht -- Ey so blase, bis du bersten möchtest --

*Alonso, Sebastiano, Antonio, Ferdinand, Gonsalo, und andre zu den Vorigen.*

ALONSO.

Guter Hochbootsmann, habt Sorge; wo ist der Schiffspatron? Haltet euch wie Männer!

BOOTSMANN.

Ich bitte euch, bleibt unten.

ANTONIO.

Wo ist der Patron, Hochbootsmann?

BOOTSMANN.

Hört ihr ihn denn nicht -- ihr geht uns im Weg um; geht in eure Cajüte; ihr helft nur dem Sturm.

GONSALO.

Nun, mein guter Mann, seyd geduldig.

BOOTSMANN.

Wenn's das Meer ist. Weg -- was fragen diese Aufrührer nach dem Nahmen eines Königs? In die Cajüte -- Still! hindert uns nicht!

GONSALO.

Ehrlicher Mann, besinne dich, wen du am Bord hast --

BOOTSMANN.

Niemand, den ich lieber habe als mich selbst. Ihr seyd ein Rath; wenn ihr diesen Elementen ein Stillschweigen auferlegen oder auf der Stelle den Frieden mit ihnen machen könnt, so wollen wir kein Thau mehr anrühren; braucht eure Autorität. Wenn ihr aber nichts könnt, so dankt dem Himmel, daß ihr so lange gelebt habt, und macht euch in eurer Cajüte auf das Unglük gefaßt, das alle Augenblike begegnen kan -- Frisch zu, meine Kinder -- fort aus dem Wege, sag ich.

*(Er geht ab.)*

GONSALO.

Dieser Kerl macht mir Muth; mich däucht, er sieht keinem gleich, der ersauffen wird, er hat eine vollkommne Galgen-Physionomie! halte fest an deiner Absicht, liebes Schiksal; mache den Strang, der ihm bestimmt ist, zu unserm Ankerseil, denn das unsrige hilft uns nicht viel: wenn er nicht zum Galgen gebohren ist, so steht es jämmerlich um uns.

*(Sie gehen alle ab.)*

*Der Hochbootsmann kommt zurük.*

HOCHBOOTSMANN.

Herab mit dem Bramsteng; greift an, besser herunter, noch besser! -- macht, daß nur das Schönfahrsegel treibt -- *(man hört ein heulendes Geschrey hinter der Scene)* daß die schwehre Noth diß verfluchte Geheul --

*Antonio, Sebastiano und Gonsalo kommen zurük.*

-- Sie überschreyen das Wetter und uns -- Seyd ihr wieder da? Was thut ihr hier? Sollen wir aufgeben und ersauffen? habt ihr Lust dazu?

SEBASTIANO.

Daß die Pest deine Gurgel -- du bellender, lästerlicher unbarmherziger Hund!

BOOTSMANN.

So helft denn arbeiten.

ANTONIO.

Geh an den Galgen, du Hund, an den Galgen; du Hurensohn von einem unverschämten Polterer; wir fürchten uns weniger vor dem Ertrinken als du.

GONSALO.

Ich steh ihm fürs Ersauffen, und wenn gleich das Schiff nicht stärker wäre als eine Nußschaale, und so löchricht als eine --

*Etliche Matrosen von Wasser triefend treten auf.*

MATROSEN.

Alles ist verlohren! Betet, betet; alles ist verlohren!

*(Sie gehen ab.)*

BOOTSMANN.

Wie, müssen wir uns in Wasser zu tode sauffen?

GONSALO.

Der König und der Prinz beten; wir wollen gehen und ihnen helfen; denn es geht uns wie ihnen.

SEBASTIAN.

Die Geduld ist mir ausgegangen.

ANTONIO.

Diese Trunkenbolde sind ganz allein Schuld, daß wir umkommen -- Dieser weitgespaltene Schurke -- Ich wollt' er läge so tief im Meer, daß ihn zehn Fluthen nicht heraus spülen könnten.

GONSALO.

Er wird doch noch gehangen werden, und wenn jeder Tropfe Wasser dagegen schwören, und das Maul aufsperren würde, ihn zu verschlingen. *(Man hört ein vermischtes Getös hinter der Scene.)* Wir scheitern, wir scheitern, wir sinken unter! Lebet wohl, mein Weib und meine Kinder! Wir scheitern! wir scheitern!

ANTONIO.

Wir wollen alle mit dem König versinken.

*(Geht ab.)*

SEBASTIAN.

Wir wollen Abschied von ihm nehmen.

*(Geht ab.)*

GONSALO.

Izt wollt' ich von Herzen gerne tausend Meilen See für eine Jauchart dürren Boden geben, Heidekraut, Genister, was man wollte -- der Wille des Himmels geschehe! Doch wollt' ich lieber eines troknen Todes sterben!

*(Geht ab.)*

*

## ZWEYTE SCENE.

*(Verwandelt sich in einen Theil der bezauberten Insel, unweit der Celle des Prospero.)*

*Prospero und Miranda treten auf.*

MIRANDA.

Wenn ihr, mein theurester Vater, diese wilden Wasser durch eure Kunst in einen so entsezlichen Aufruhr gesezt habet, o so leget sie wieder! Der Himmel, so scheint es, würde stinkendes Pech herunterschütten, wenn nicht die See, die bis an seine Wangen steigt, das Feuer wieder löschte. O! wie hab' ich mit diesen Unglüklichen gelidten, die ich leiden sah! Ein schönes Schiff (ohne Zweifel hatte es einige edle Geschöpfe in sich) ganz in Stüke zerschmettert -- O das Geschrey schlug recht gegen mein Herz an. Die armen Seelen, sie kamen um! Hätte ich die Macht irgend eines Gottes gehabt, ich wollte eher das Meer in die Erde hineingesenkt haben, eh es dieses gute Schiff so verschlungen haben sollte, und die darauf befindlichen Seelen mit ihm.

PROSPERO.

Fasse dich, meine Tochter; nicht so bestürzt; sage deinem mitleidigen Herzen, es sey kein Schaden geschehen.

MIRANDA.

O! unglüklicher Tag!

PROSPERO.

Kein Unglük. Was ich gethan habe, hab' ich aus Fürsorge für dich gethan, für dich, meine Theure, meine Tochter, die du nicht weißst, wer du bist, oder von wannen ich hieher kam, noch daß ich etwas bessers bin als Prospero, Herr über eine armselige Celle, und dein nicht grösserer Vater.

MIRANDA.

Mir fiel niemals ein, mehr wissen zu wollen.

PROSPERO.

Es ist Zeit, daß ich dir mehr entdeke. Lehne mir deine Hand, und ziehe mir dieses magische Gewand ab; so! *(er legt seinen Mantel hin)* lige hier, meine Kunst -- Wische du deine Augen, beruhige dich. Dieses fürchterliche Schauspiel des Schiffbruchs, welches ein so zärtliches Mitleiden in deinem Herzen erregt hat, hab ich durch die Mittel, die meine Kunst mir an die Hand giebt, so sicher angeordnet, daß keine Seele zu Grunde gegangen ist, nein, nicht ein Haar von irgend einem dieser Geschöpfe, deren Geschrey du hörtest, die du sinken sahst: Seze dich nieder, denn du must nun noch mehr wissen.

MIRANDA.

Ihr habt oft angefangen mir sagen zu wollen, was ich sey, aber wieder inngehalten, und mich einem eiteln

Nachsinnen überlassen, indem ihr allemal damit schlosset, halt! noch nicht --

PROSPERO.

Die Stund' ist nun gekommen, und es ist keine Minute mehr zu verliehren. Höre dann und sey aufmerksam. Erinnerst du dich einer Zeit, eh wir in diese Celle kamen? Ich denke nicht, daß du es kanst; denn du warst damals noch nicht volle drey Jahre alt.

MIRANDA.

Ja, mein Herr, ich kan.

PROSPERO.

Wobey dann? Bey irgend einem Haus oder einer Person? Sage mir, was es auch seyn mag, dessen Bild in deinem Gedächtniß geblieben ist.

MIRANDA.

Es ist in einer tiefen Entfernung, und eher einem Traum als einer Gewißheit gleich, was mir die Erinnerung vorstellt. Hatte ich nicht einst vier oder fünf Weiber, die mir aufwarteten?

PROSPERO.

Du hattest, und mehr, Miranda. Aber wie kommt es, daß diß noch in deinem Gemüthe lebt? Was siehst du noch mehr in dem tiefen Abgrund der verflossenen Zeit? Wenn du dich noch an etwas erinnerst, eh du hieher kamst, so wirst du dich auch erinnern, wie du hieher kamst.

MIRANDA.

Nein, das thue ich nicht.

PROSPERO.

Es sind nun zwölf Jahre seit dieses geschah, Miranda;

zwölf Jahre, seit der Zeit, da dein Vater Herzog von Meiland und ein mächtiger Fürst war.

MIRANDA.

Mein Herr, seyd ihr dann nicht mein Vater?

PROSPERO.

Deine Mutter war ein Muster der Tugend, und sie sagte, du seyest meine Tochter; und dein Vater war Herzog von Meiland, und du seine einzige Erbin.

MIRANDA.

O Himmel! Was für ein schlimmer Streich trieb uns von dannen? Oder war es unser Glük, daß es geschah?

PROSPERO.

Beydes, beydes, mein Mädchen! Durch einen schlimmen Streich, wie du sagst, wurden wir von dort vertrieben, und glüklicher Weise hieher gerettet.

MIRANDA.

O! mein Herz blutet, wenn ich an die Sorgen denke, die ich euch in einer Zeit gemacht haben werde, an die ich mich nicht mehr besinnen kan. Ich bitte euch, fahret fort.

PROSPERO.

Mein Bruder, und dein Oheim, Antonio genannt, (ich bitte dich, merke auf) -- daß ein Bruder fähig seyn konnte, so treulos zu seyn! -- Er, den ich, nächst dir selbst, über alle Welt liebte, und dem ich die Verwaltung meines Staats anvertraute, der damals unter allen in Italien der erste, so wie es Prospero an Ansehen war, und an Ruhm in den Wissenschaften, die meine einzige Beschäftigung waren. Ich überließ also die Staatsverwaltung meinem Bruder, und wurd' ein Fremdling in meinem eignen Lande, so sehr riß mich die Liebe und der Reiz geheimnißreicher Studien dahin. Dein treuloser Oheim -- Aber du giebst nicht Acht!

MIRANDA.

Höchst aufmerksam, mein Herr.

PROSPERO.

Dein Oheim, sag ich, der in der Kunst ausgelernt war, wie er ein Gesuch bewilligen oder wie er es abschlagen, wen er befördern oder wen er wegen eines allzuüppigen Wuchses abschneiden sollte; schuf alle diejenigen um, die meine Creaturen waren; ich sage, er versezte sie entweder, oder er gab ihnen sonst eine andre Form; und da er den Schlüssel zu dem Amt und zu dem Beamteten hatte, stimmte er alle Herzen in dem Staat, nach dem Ton, der seinem Ohr der angenehmste war. Solchergestalt war er nun der Epheu, der meinen fürstlichen Stamm umwand, und sein Mark an sich sog -- du giebst nicht Acht.

MIRANDA.

Ich thu es, mein werther Herr.

PROSPERO.

Ich bitte dich, merke wohl auf. Da ich nun alle weltlichen Dinge so bey Seite sezte, und mich ganz der Einsamkeit und der Verbesserung meines Gemüths widmete, die in meinen Augen alles überwog was der grosse Hauffe hochschäzt, so erwachte meines Bruders schlimme Gemüthsart, und mein Zutrauen brütete eine Untreue in ihm aus, die so groß war als mein Zutrauen, welches in der That keine Grenzen hatte. Da er sich in dem Besiz meiner Einkünfte und meiner Gewalt sah, so machte ers wie einer, der durch häufiges Erzählen der nemlichen Unwahrheit einen solchen

Sünder aus seinem Gedächtniß macht, daß er selbst nicht mehr weiß, daß es eine Unwahrheit ist; er hatte so lange die Rolle des Herzogs mit allen ihren Vorrechten gespielt, daß er sich zulezt einbildete, er sey der Herzog selbst -- Hörst du mir zu?

MIRANDA.

Eure Erzählung, mein Herr, könnte die Taubheit heilen.

PROSPERO.

Damit nun aller Unterschied zwischen der Person die er spielte, und demjenigen, für welchen er sie spielte, aufhören möchte, wollte er schlechterdings selbst Herzog in Meiland seyn. Mir, armen Manne, dachte er, wäre mein Büchersaal Herzogthums genug; zu allen Geschäften eines Fürsten hielt er mich für ganz untüchtig. Er machte also ein Bündniß mit dem König von Neapolis, und verstuhnd sich, (so sehr dürstete ihn nach der Herrschaft), ihm einen jährlichen Tribut zu bezahlen, und ihn als seinen Lehnsherrn zu erkennen, seinen Fürstenhut der Crone dieses Königs zu unterwerffen, und das bisher unabhängige Herzogthum (armes Meiland!) unter ein schimpfliches Joch zu beugen.

MIRANDA.

O Himmel!

PROSPERO.

Höre nun die Bedingung die er ihm dagegen machte, und den Ausgang; dann sage mir, ob das ein Bruder war?

MIRANDA.

Es wäre Sünde, von meiner Großmutter etwas unedels

zu denken; gute Eltern können schlimme Kinder haben.

PROSPERO.

Nun die Bedingung: Dieser König von Neapel, der mein alter Feind war, willigte mit Freuden in meines Bruders Begehren, welches dahin gieng, daß er, gegen die ihm zugestandne Abhänglichkeit, und ich weiß nicht wie viel jährlichen Tribut, ungesäumt mich und die meinigen aus dem Herzogthum vertreiben, und das schöne Meiland mit allen seinen Regalien meinem Bruder zu Lehen geben sollte. Nachdem sie nun zu Ausführung dieses Vorhabens eine verrätherische Kriegsschaar zusammen gebracht, öffnete Antonio in einer fatalen Mitternacht die Thore von Meiland, und in der Todesstille der Finsterniß schleppten die Diener seiner bösen That mich und dein schreyendes Selbst hinweg.

MIRANDA.

O weh! Ich will izt über diese Gewaltthat schreyen, da ich mich nicht mehr erinnere, wie ich damals geschrien habe; eine geheime Nachempfindung preßt diese Thränen aus meinen Augen.

PROSPERO.

Hör' ein wenig weiter, und dann will ich dich zu der gegenwärtigen Angelegenheit bringen, die wir vor uns haben, und ohne welche diese Erzählung sehr unbesonnen wäre.

MIRANDA.

Warum nahmen sie uns denn das Leben nicht?

PROSPERO.

Die Frage ist vernünftig, Mädchen; meine Erzählung

veranlaset sie. Sie durften es nicht wagen, meine Theureste, so groß war die Liebe die das Volk für mich hatte, sie durften es nicht wagen, ihre Uebelthat durch ein blutiges Merkmal der Entdekung auszusezen, sondern strichen ihre boshaftigen Absichten mit schönern Farben an. Kurz, sie schleppten uns auf eine Barke, und führten uns etliche Meilen in die See, wo sie ein ausgeweidetes Gerippe von einem Boot, ohne Thauwerk, ohne Seegel, und ohne Mast zubereiteten, ein so armseliges Ding, das sogar die Razen, vom Instinct gewarnet, es verlassen hatten; und auf diesem elenden Nachen stiessen sie uns in die See, um den Wellen entgegen zu jammern, die uns heulend antworteten; und den Winden zuzuseufzen, deren wieder zurükseufzendes Mitleiden unsre Angst vermehrte, indem es sie lindern zu wollen schien.

MIRANDA.

Himmel! wie viel Unruhe muß ich euch damals gemacht haben!

PROSPERO.

O! Ein Cherubim warst du, der mich beschüzte. Da ich von der Last meines Elends niedergedrükt, einen Strom von trostlosen Thränen in die See hinunter weinte, da lächeltest du mir mit einer vom Himmel eingegoßnen Freudigkeit entgegen, und erwektest dadurch den Muth in mir, alles zu ertragen, was über mich kommen würde.

MIRANDA.

Wie kamen wir denn ans Land?

PROSPERO.

Durch Göttliche Vorsicht! Wir hatten einigen Vorrath von Speise und frischem Wasser, womit uns Gonsalo, ein Neapolitanischer Edelmann, dem die Ausführung dieses Geschäfts anbefohlen war, aus Gutherzigkeit und Mitleiden versehen hatte. Er hatte uns auch mit reichen Kleidern, leinen Geräthe und andern Nothwendigkeiten beschenkt, die uns seither gute Dienste gethan haben; und da er wußte wie sehr ich meine Bücher liebte, so verschafte mir seine Leutseligkeit aus meinem eignen Vorrath einige, die ich höher schäze als mein Herzogthum.

MIRANDA.

Wie wünscht' ich diesen Mann einmal zu sehen!

PROSPERO.

Nun komm ich zur Hauptsache. Bleibe sizen, und höre das Ende meiner Erzählung. Wir kamen in dieses Eiland, und hier hab' ich, durch meine Unterweisungen, dich weiter gebracht als andre Fürsten können, die nur für ihre Lustbarkeiten Musse haben, und die Erziehung ihrer Kinder nicht so sorgfältigen Aufsehern überlassen.

MIRANDA.

Der Himmel danke es euch! Aber nun bitte ich euch mein Herr, (denn ich höre dieses Ungewitter noch immer in meiner Einbildung) was war die Ursache, warum ihr diesen Sturm erreget habt?

PROSPERO.

So wisse denn, daß durch einen höchst seltsamen Zufall, das mir wieder günstige Glük meine Feinde an dieses Ufer gebracht hat: Meine Vorhersehungs-Kunst sagt mir, daß ein sehr glüklicher Stern über meinem Zenith schwebt; allein sie sagt mir auch, daß wenn ich die wenigen Stunden seines günstigen Einflusses ungenüzt entschlüpfen lasse, mein Glük auf immer verscherzt seyn werde -- Hier frage nicht weiter; du bist schläfrig; es ist eine heilsame Betäubung, gieb ihr nach; ich weiß daß du nicht anders kanst.

*(Miranda schläft ein.)*

Herbey, mein Diener, herbey; ich bin fertig. Nähere dich, mein Ariel -- Komm!

*

## DRITTE SCENE.

*Ariel zu Prospero.*

ARIEL.

Heil dir, mein grosser Meister! Ehrwürdiger Herr, Heil dir! ich komme deine Befehle auszurichten; es sey nun zu fliegen oder zu schwimmen, mich in die Flammen zu tauchen, oder auf den krausen Wolken zu reiten; Ariel und alle seine Kräfte sind zu deinem mächtigen Befehl.

PROSPERO.

Hast du, o Geist, den Sturm so ausgerichtet, wie ich dir befahl?

ARIEL.

Bis auf den kleinsten Umstand. Ich kam an Bord des Königlichen Schiffes, und sezte, in Flammen eingehüllt, bald das Vordertheil, bald den Bauch, das Verdek und jede Cajüte in Schreken. Zuweilen theilt' ich mich, und zündet' es an etlichen Orten zugleich an, flammte in abgesonderten Klumpen Feuers auf dem

Bramsteng, den Segelstangen und dem Bögs-Priet-Mast; dann floß ich wieder zusammen. Jupiters Blize selbst, die Vorläuffer fürchterlicher Donner-Schläge, sind nicht behender zu leuchten und wieder zu verschwinden; das schmetternde Gebrüll der schweflichten Flammen schien den allmächtigen Neptunus zu belagern, und seine kühne Woogen zittern zu machen, ja seinen furchtbaren Dreyzak selbst zu erschüttern.

PROSPERO.

Mein wakrer, wakrer Geist! War einer unter diesen Leuten gesezt und standhaft genug, bey einem solchen Getöse Meister von sich selbst zu bleiben?

ARIEL.

Keine einzige Seele, die nicht, von fieberhaften Schauern geschüttelt, in irgend einen Ausbruch von Verzweiflung fiel. Alle, bis auf die Schiffleute, verliessen das Schiff, das ganz von mir in Flammen stuhnd, und stürzten sich in das schäumende Salzwasser. Ferdinand, des Königs Sohn, war der erste, der mit berg an stehendem Haar, eher Binsen als Haaren ähnlich, in die See sprang. Die Hölle ist leer, schrie er, und alle Teufel sind hier.

PROSPERO.

Gut, das ist mein Geist! Aber war es nahe genug am Ufer?

ARIEL.

Ganz nah, mein Gebieter.

PROSPERO.

Sind sie alle errettet, Ariel?

ARIEL.

Es ist nicht ein Haar umgekommen, und auf ihren

Kleidern ist nicht ein Fleken, sondern sie glänzen frischer als zuvor. Wie du mir befohlen hast, hab' ich sie truppenweise um die Insel her zerstreut: den Sohn des Königs hab ich ganz allein ans Land gebracht, und ihn in einem düstern Winkel der Insel verlassen, wo er mit verschlungnen Armen traurig dasizt, und die Luft mit seinen Seufzern abkühlt.

PROSPERO.

Was hast du denn mit dem Schiffsvolk auf dem königlichen Schiffe, und mit dem ganzen Rest der Flotte gemacht?

ARIEL.

Des Königs Schiff ist unbeschädigt in Sicherheit gebracht. Ich hab es in eine tiefe Bucht der Bermudischen Inseln verborgen, wohin du mich einst um Mitternacht schiktest, Thau zu holen. Die Schiffleute, alle in den Raum zusammen gedrängt, habe ich in einen bezauberten Schlaf versenkt; die übrigen Schiffe der Flotte die ich zerstreut hatte, fanden sich wieder zusammen, und sind auf der mittelländischen See im Begriff traurig wieder heim nach Neapel zu segeln, in der Meynung, daß sie des Königs Schiff scheitern, und seine hohe Person umkommen gesehen haben.

PROSPERO.

Ariel, du hast meinen Auftrag pünctlich ausgerichtet; aber es ist noch mehr Arbeit; wie viel ist es am Tage?

ARIEL.

Höchstens zwey Stunden nach Mittag.

PROSPERO.

Die Zeit zwischen izt und Sechse muß von uns beyden als höchst kostbar angewendet werden.

ARIEL.

Ist noch mehr zu thun? Da du mir so viel Mühe auflegest, so verstatte daß ich dich an etwas erinnre, so du mir versprochen und noch immer nicht gehalten hast.

PROSPERO.

Wie? du bist übel aufgeräumt? Was verlangst du denn?

ARIEL.

Meine Freyheit.

PROSPERO.

Eh deine Zeit aus ist? Nichts mehr davon!

ARIEL.

Ich bitte dich, erinnere dich wie getreu ich dir gedient habe; ich sagte dir keine Lügen vor, ich machte nie eines für das andre, ich diente dir ohne Groll noch Murren; und du versprachest mir ein ganzes Jahr nachzulassen.

PROSPERO.

Hast du vergessen, von was für einer Marter ich dich befreyet habe?

ARIEL.

Nein.

PROSPERO.

Du hast es vergessen, und hältst es für zuviel in dem sumpfichten Grund des gesalznen Meeres für mich zu waten, oder auf dem scharfen Nordwind zu rennen, oder in den Adern der hartgefrornen Erde meine Geschäfte auszurichten.

ARIEL.

Das thu ich nicht, mein gebietender Herr.

PROSPERO.

Du lügst, boshaftes Ding. Hast du die scheußliche Zauberin Sycorax vergessen, die von Alter und Neid in einen Reif zusammengewachsen war? Hast du sie vergessen?

ARIEL.

Nein, Herr.

PROSPERO.

Du hast; wo war sie gebohren? Sprich, erzähl es mir.

ARIEL.

In Argier, mein Herr.

PROSPERO.

So, war sie? ich muß alle Monat einmal mit dir wiederholen was du gewesen bist, um dir das Gedächtniß ein wenig anzufrischen. Diese verdammte Hexe Sycorax, war wegen manchfaltiger Uebelthaten und Zaubereysünden, die zu ungeheuer sind, als daß ein menschliches Ohr sie ertragen könnte, wie du weist, von Argier verbannt; um eines einzigen willen das sie gethan hatte, wollten sie ihr das Leben nicht nehmen. Ists nicht so?

ARIEL.

Ja, mein Herr.

PROSPERO.

Diese blauaugichte Unholdin ward schwangern Leibes hiehergebracht, und von den Schiffleuten hier zurükgelassen; du, mein Sclave, warest nach deiner eignen Aussage, damals ihr Diener. Und weil du zu Verrichtung ihrer irdischen und abscheulichen Aufträge ein zu zärtlicher Geist warst, und ihre grossen Befehle ausschlugest; so schloß sie dich in ihrer unerbittlichen Wuth, mit Hülfe ihrer stärkern Diener in eine gespaltne Fichte, in deren Klamme eingekerkert du zwölf peinvolle Jahre verharren mußtest, bis sie starb und dich in diesem elenden Zustand ließ, worinn du die Gegend umher, soweit als man das Getöse von Mühlrädern hören kan, mit Aechzen und Winseln erfülltest. Damals war dieses Eiland, (ausser einem Sohn, den sie hier geworfen hatte, einen rothgeflekten ungestalten Wechselbalg) mit keiner menschlichen Gestalt geziert.

ARIEL.

Ja, Caliban ihr Sohn.

PROSPERO.

Dummes Ding, das ists was ich sage; eben dieser Caliban, den ich nun in meinen Dinsten habe. Du weist am besten in was für einer Quaal ich dich hier fand; dein Winseln machte Wölfe mit dir heulen, und durchbohrte die wilde Brust des immerzürnenden Bärs; es war eine Marter, wie die Verdammten ausstehen müssen, und Sycorax selbst war nicht im Stande sie wieder aufzuheben: meine Kunst war es, als ich hieher kam und dich hörte, welche die bezauberte Fichte zwang sich zu öffnen, und dich herauszulassen.

ARIEL.

Ich danke dir, mein Gebieter.

PROSPERO.

Wenn du noch einmal murrest, so will ich eine Eiche spalten, und dich in ihr knottichtes Eingeweide einklammern, bis du zwölf Winter weggeheult hast.

ARIEL.

Vergieb mir, mein Gebieter, ich will alle deine Befehle

vollziehen, und willig und behend in meinen Spükereyen seyn.

PROSPERO.

Thue das, so will ich dich in zween Tagen frey lassen.

ARIEL.

Das ist mein großmüthiger Meister! Was soll ich thun? Sage was? Was soll ich thun?

PROSPERO.

Geh, nimm die Gestalt einer Meernymphe an, aber mache dich jedem andern Auge als dem meinigen unsichtbar. Geh, und komm in dieser Gestalt wieder hieher; mache hurtig.

*(Ariel verschwindt.)*

Erwache, mein theures Herz, erwache, du hast wohl geschlafen -- Erwache!

MIRANDA.

Die Seltsamkeit eurer Geschichte hat meinen Kopf ganz schwer gemacht.

PROSPERO.

Muntre dich auf; komm mit, wir wollen den Caliban meinen Sclaven besuchen, der uns niemals eine freundliche Antwort giebt.

MIRANDA.

Es ist ein Nichtswürdiger, mein Herr, ich mag ihn nicht gerne ansehen.

PROSPERO.

Und doch, so wie er ist können wir nicht ohne ihn seyn; er macht uns unser Feuer, schaft unser Holz herbey und thut uns Dienste, die uns zu statten kommen. He! Sclave! Caliban! du Kloz du, gieb Antwort!

CALIBAN *(hinter der Scene.)*

Es ist Holz genug drinnen.

PROSPERO.

Komm hervor, sag' ich, es ist eine andre Arbeit für dich da, komm, du Schildkröte! Nun, wie lange ---

*(Ariel erscheint in Gestalt einer Wasser-Nymphe.)*

Eine artige Erscheinung! Mein muntrer Ariel, ich habe dir etwas ins Ohr zu sagen --

ARIEL.

Es soll geschehen, mein Gebieter.

*(Geht ab.)*

PROSPERO.

Du krötenmäßiger Sclave, vom Teufel selbst mit der Hexe, die dich gebohren hat, gezeugt! hervor!

*

## VIERTE SCENE.

*Caliban zu den Vorigen.*

CALIBAN.

Ein so schädlicher Thau, als jemals meine Mutter mit Rabenfedern von ungesundem Morast abgebürstet hat, träufle auf euch beyde! Ein Südwest blase euch an, und bedeke euch über und über mit Schwülen und Finnen!

PROSPERO.

Für diesen guten Wunsch, verlaß dich drauf, sollt du diese Nacht den Krampf haben, Seitenstiche sollen deinen Athem einzwängen, und Igel sollen sich die ganze Nacht durch an dir ermüden; du sollt so dicht gekneipt werden, wie Honigwaben, und jeder Zwik soll schärfer stechen als die Bienen, die sie machen.

CALIBAN.

Ich muß zu Mittag essen. Diese Insel ist mein, ich habe sie von Sycorax, meiner Mutter geerbt, und du hast sie mir abgenommen. Wie du hieherkamst, da streicheltest du mich, und thatest freundlich mit mir, gabst mir Wasser mit Beeren drinn zu trinken, und lehrtest mich, wie ich das grössere Licht und das kleinere, die des Tags und des Nachts brennen, nennen sollte; und da liebt ich dich, und zeigte dir die ganze Beschaffenheit der Insel, die frischen Quellen, und die salzigen, die öden und die fruchtbaren Gegenden. Verflucht sey ich, daß ich es that! Alle Zaubereyen meiner Mutter, Kröten, Schröter und Fledermäuse über euch! Daß ich, der vorher mein eigner König war, nun euer einziger Unterthan, und in diesen Felsen eingesperrt seyn muß, indessen daß ihr die ganze übrige Insel für euch allein behaltet.

PROSPERO.

Du lügenhafter Sclave, den nur Schläge, statt Freundlichkeit, zähmen können; So ein garstiges Thier du bist, so hab ich dir doch mit menschlicher Fürsorge begegnet, und dich in meiner eignen Celle beherberget, biß du frech genug warst, meinem Kinde Gewalt anthun zu wollen.

CALIBAN.

O ho! o ho! - - Ich wollt' es wäre vor sich gegangen; du kamst zu früh dazu, sonst hätte ich diese Insel mit Calibanen bevölkert.

PROSPERO.

Du abscheulicher Sclave, unfähig den Eindruk von irgend einer guten Eigenschaft anzunehmen, und zu allem Bösen aufgelegt! Ich hatte Mitleiden mit dir, nahm die Mühe dich reden zu lehren, und wieß dir alle Stunden etwas neues. Da du nicht im Stand warst, du wilder, deine eigne Meynung zu entdeken, sondern gleich einem unvernünftigen Vieh nur unförmliche Töne von dir gabst, begabte ich deine Gedanken mit Worten, damit du sie andern verständlich machen könntest. Aber ungeachtet alles Unterrichts behielt die angebohrne Bosheit deiner Natur die Oberhand und machte deine Gesellschaft wohlgearteten Geschöpfen unerträglich; ich sah mich also gezwungen, dich in diesen Felsen einzusperren, und begnügte mich, deine Bosheit nur allein unwürksam zumachen, ob du gleich mehr als ein Gefängniß verdient hattest.

CALIBAN.

Ihr lehrtet mich reden, und der ganze Vortheil den ich davon habe, ist daß ich fluchen kan; daß ihr die Pest dafür hättet, daß ihr mich reden gelehrt habt!

PROSPERO.

Du Wechselbalg, hinweg! Bring uns Holz und Reiser zu einem Feuer hieher, und mache hurtig, damit ich dich zu andern Arbeiten gebrauchen kan. Zükst du die Achseln, du Unhold? Wenn du nicht thust was ich dir befehle, oder es unwillig thust, so will ich dich am ganzen Leibe mit krampfichten Zükungen foltern, alle deine Gebeine mit Schmerzen füllen, und dich heulen machen, daß wilde Thiere vor deinem Geschrey zittern sollen.

CALIBAN.

Nein, ich bitte dich. *(Für sich.)* Ich muß gehorchen; seine Kunst giebt ihm eine so grosse Gewalt, daß er im Stande wäre, meiner Mutter Gott Setebos zu bezwingen, und einen Vasallen aus ihm zu machen.

*(Caliban geht ab.)*

PROSPERO.

So, Sclave, hinweg!

*

## FÜNFTE SCENE.

*Ferdinand tritt auf; Ariel unsichtbar singend und spielend.*

FERDINAND.

Wo kan diese Musik seyn? In der Luft oder auf der Erde? -- Sie hat aufgehört -- wahrhaftig es ist eine Anzeige, daß irgend eine Gottheit dieses Eiland bewohnt. Indeme ich auf einer Sandbank saß, und den Untergang des Königs meines Vaters beweinte, schien diese Musik über die Wellen mir entgegen zu schleichen, und besänftigte durch ihre Lieblichkeit beydes ihre Wuth und meine Leidenschaft; ich folgte ihr bis an diesen Ort, oder sie zog mich vielmehr an; -- Aber sie hat aufgehört -- Nun beginnt sie von neuem.

Ariel *singt:*

Fünf Faden tief dein Vater ligt,
Sein Gebein ward zu Corallen,
Zu Perlen seine Augen-Ballen,
Und vom Moder unbesiegt,
Wandelt durch der Nymphen Macht
Sich jeder Theil von ihm und glänzt in fremder Pracht.
Die Nymphen lassen ihm zu Ehren
Von Stund zu Stund die Todtengloke hören.
Horch auf, ich höre sie, ding-dang, ding-dang --

Ferdinand.

Der Gesang spricht von meinem ertränkten Vater; diß ist nicht das Werk eines Sterblichen, noch eine irdische Musik; izt hör ich sie über mir.

*

## SECHSTE SCENE.

*Prospero und Miranda nähern sich auf einer andern Seite dem Orte, wo Ferdinand steht.*

Prospero.

Ziehe die Vorhänge deiner Augen auf, und sage, was du dort siehest?

Miranda.

Was ist es? ein Geist? -- Wie es umherschaut! Glaubet mir, mein Herr, es hat eine feine Gestalt. Aber -- es ist ein Geist.

PROSPERO.

Nein, Mädchen, es ißt und schläft, und hat solche Sinnen wie wir haben, eben solche; und wenn es nicht von Gram (der der Schönheit Krebs ist) in etwas entstellt wäre, könnte man ihn eine ganz hübsche Person nennen. Er hat seine Gefährten verlohren, und irret umher sie zu suchen.

MIRANDA.

Ich möchte ihn etwas Göttliches nennen, denn nie sah ich in der Natur eine so cdle Gestalt.

PROSPERO *für sich.*

Es geht, sehe ich, wie es mein Herz wünschet - - - Geist, feiner Geist, für diß will ich dich in zween Tagen frey lassen.

FERDINAND *(indem er Miranda gewahr wird.)*

Ganz gewiß ist dieses die Göttin, deren Gegenwart jene Harmonien ankündigten. Erlaubet meiner Bitte zu wissen, ob ihr auf dieser Insel wohnet, und würdiget mich einer Belehrung, wie ich mich hier zu verhalten habe? Mein erster Wunsch, obgleich zulezt ausgesprochen, ist, o ihr Wunder! zu wissen, ob ihr geschaffen seyd oder nicht?

MIRANDA.

Kein Wunder, mein Herr, aber ganz gewiß ein Mädchen.

FERDINAND.

Meine Sprache! -- Himmel! ich bin der Erste unter denen die diese Sprache reden; wär' ich nur da wo sie geredet wird.

PROSPERO.

Wie? der erste? Was wärest du, wenn dich der König von Neapel reden hörte?

FERDINAND.

Eine einzelne Person, wie izt, die sich wundert, dich vom König von Neapel reden zu hören. Er hört mich, und daß er mich höret, ist was ich beweine. Ich selbst bin nun der König von Neapel, da ich mit diesen meinen Augen, die seit dem niemals troken worden sind, den König meinen Vater im Schiffbruch umkommen gesehen habe.

MIRANDA.

Wie sehr dauert er mich!

FERDINAND.

Glaubet mirs, er kam um, er und alle seine Hofleute: der Herzog von Meiland und sein edler Sohn waren dabey.

PROSPERO.

Der Herzog von Meiland und seine noch edlere Tochter könnten dich eines bessern belehren, wenn es izt Zeit dazu wäre -- *(vor sich.)* Beym ersten Anblik tauschten sie ihre Augen (Ariel, für diesen Dienst sollt du frey seyn!) *(laut.)* Ein Wort mit euch, mein feiner Herr, ich fürchte ihr habt euch in einen schlimmen Handel verwikelt: Ein Wort --

MIRANDA.

Warum spricht mein Vater so unfreundlich? Diß ist der dritte Mann, den ich jemals sah, und der erste, für den ich seufze. Möchte Mitleiden meinen Vater so gesinnt machen wie mich!

FERDINAND.

O, wenn ihr ein sterbliches Mädchen seyd, und eure Neigung noch frey ist, so will ich euch zur Königin von Neapel machen.

PROSPERO.

Sachte, mein Herr; Nur ein Wort - - *(vor sich.)* Sie sind beyde eines in des andern Gewalt: aber ich muß diesem plözlichen Einverständniß Schwierigkeiten in den Weg legen, sonst möchte ein zu leichtgewonnenes Glük seinen Werth verringern - - Herr, nur noch ein Wort; ich befehle dir, mir zu folgen. Du legst dir hier einen Namen bey, der dir nicht gebührt, du hast dich als einen Kundschafter in diese Insel eingeschlichen, um sie mir, ihrem Herren abzugewinnen.

FERDINAND.

Nein, so wahr ich ein Mann bin.

MIRANDA.

Gewiß, es kan nichts böses in einem solchen Tempel wohnen. Wenn der böse Geist ein so schönes Haus hätte, gute Dinge würden bey ihm zu wohnen versucht.

PROSPERO.

Folge mir - - Rede du nicht für ihn, er ist ein Verräther. Komm, ich will dir Hals und Füsse zusammenfesseln, Seewasser soll dein Trank, und frische Bachbungen, dürre Wurzeln und Eicheln deine Speise seyn. Folge!

FERDINAND.

Nein, eine solche Begegnung will ich nicht leiden, bis mein Feind der stärkere ist.

*(Er zieht den Degen, und bleibt bezaubert und unbeweglich stehen.)*

MIRANDA.

O mein theurer Vater, verfahret nicht so strenge mit ihm; er ist ja liebenswürdig, nicht fürchterlich.

PROSPERO.

Wie, Mädchen, du willt mich meistern? Zieh dein Schwerdt, Verräther! du willt den Herzhaften machen, und darfst keinen Streich führen? Bilde dir nicht ein, daß du dich wehren wollest; ich brauche nichts, als diesen Stab, dich zu entwaffnen, und deinen Degen fallen zu machen.

MIRANDA.

Ich bitte euch, mein Vater.

PROSPERO.

Weg, hänge dich nicht so an meinen Rok.

MIRANDA.

Mein Herr, habet Mitleiden, ich will Bürge für ihn seyn.

PROSPERO.

Schweige, noch ein einziges Wort mehr wird machen, daß ich dich ausschelte, oder gar hasse. Was? einem Betrüger das Wort reden? husch! du denkst, es habe nicht noch mehr solche Gesichter wie er ist, weil du nur den Caliban und ihn gesehen hast; einfältiges Ding! gegen die meisten Männer gerechnet, ist er nur ein Caliban, und sie sind Engel gegen ihn.

MIRANDA.

So sind meine Neigungen sehr demüthig, denn ich habe kein Verlangen einen schönern Mann zu sehen.

PROSPERO.

Komm mit, gehorche; deine Nerven sind wieder in ihrer Kindheit, und haben keine Stärke mehr.

FERDINAND.

So ist es; alle meine Lebensgeister sind wie in einem

Traum, gefesselt. Aber meines Vaters Tod, die Schwäche die ich fühle, der Schiffbruch aller meiner Freunde, und die Drohungen dieses Mannes, dem ich unterworfen bin, würden mir leicht zu ertragen seyn, möchte ich nur einmal des Tages durch eine Oefnung meines Kerkers dieses holde Mädchen sehen: Die Freyheit mag von dem ganzen Rest der Erde Gebrauch machen; für mich ist Raum genug in einem solchen Kerker.

PROSPERO *(für sich.)*

Es würkt: *(laut)* folge mir! (du hast dich wohl gehalten, Ariel) folge mir. *(Zu Ariel.)* Höre, was du weiter zu verrichten hast.

*(Er sagt dem unsichtbaren Ariel etwas in Geheim.)*

MIRANDA *zu Ferdinand.*

Fasset Muth, mein Herr; mein Vater ist von einer bessern Gemüthsart, als ihr aus seinen Worten schliessen könnt; sein iziges Betragen ist etwas ungewohntes.

PROSPERO *zu Ariel.*

Du sollst so frey seyn als die Winde auf hohen Bergen; aber unter der Bedingung, daß du meinen Befehl in allen Puncten aufs genaueste vollziehest.

ARIEL.

Nach dem Buchstaben.

PROSPERO.

Komm, folge mir! Sprich du nicht für ihn.

*(Sie gehen ab.)*

*

# *Zweyter Aufzug.*

---

## ERSTE SCENE.

*(Ein andrer Theil der Insel.)*

*Alonso, Sebastian, Antonio, Gonsalo, Adrian, Francisco, und andre Hofleute, treten auf.*

GONSALO.

Ich bitte euch, Gnädigster Herr, gutes Muths zu seyn; wir haben alle Ursache zur Freude; denn unsre Errettung geht weit über unsern Verlust. Das Unglük das wir gehabt haben, ist etwas gemeines; jeden Tag hat irgend eines Schiffers Weib oder irgend ein Kauffmann das nehmliche Thema zu klagen; aber von einem solchen Wunder wie unsre Erhaltung ist, wissen unter Millionen nur wenige zu sagen. Wäget also, Gnädigster Herr, weislich unsern Kummer gegen unsern Trost, und beruhiget euch.

ALONSO.

Ich bitte dich, schweige.

[SEBASTIAN. (*)

Er nimmt deinen Trost an, wie kalte Suppe.

---

(*) Alle diese Reden, welche man zur Unterscheidung in [ ] eingeschlossen, scheinen von einer fremden Hand, vielleicht von Schauspielern, eingeschoben, um so mehr als es nicht nur an sich sehr ungereimtes Zeug, sondern in dem Mund unglüklicher schiffbrüchiger Leute eine höchst unnatürliche und unschikliche Spaßhaftigkeit ist. Es kommen noch mehr Reden von dieser Art in dem übrigen Theil dieser Scene vor. Pope.

ANTONIO.

Gonsalo wird sich nicht so leicht abweisen lassen.

SEBASTIAN.

Seht, er zieht seinen Wiz auf wie eine Taschenuhr, den Augenblik wird er schlagen.

GONSALO.

Gnädigster Herr --

SEBASTIAN.

Eins; zählet, Antonio --

GONSALO.

Wenn einer einem jeden Verdruß der ihm aufstößt, nachhängen will, so hat er nichts davon als --

SEBASTIAN.

Einen Thaler.

GONSALO.

*Dolores,* (*) in der That, ihr habt besser gesprochen, als ihr im Sinne hattet.

SEBASTIAN.

Und ihr habt es weislicher aufgenommen, als ich euch zugetraut habe.

GONSALO.

Folglich, gnädigster Herr --

ANTONIO.

Pfui, wie der Mann seine Zunge verschwendet!

ALONSO.

Ich bitte dich, sey ruhig.

---

(*) Der frostige Spaß ligt in dem ähnlichen Schall der Worte *dollar,* und *dolour.*

GONSALO.

Gut, ich bin fertig; aber doch --

SEBASTIAN.

Will er reden.

ANTONIO.

Was wetten wir, wer von beyden, er oder Adrian zuerst anfangen wird zu krähen?

SEBASTIAN.

Der alte Hahn.

ANTONIO.

Der junge.

SEBASTIAN.

Gut, was wetten wir?

ANTONIO.

Ein Gelächter.

SEBASTIAN.

Es bleibt darbey.

ADRIAN.

Obgleich diese Insel wüste scheint --

SEBASTIAN.

Ha, ha, ha -- So, ihr seyd bezahlt.

ADRIAN.

Unbewohnbar, und in der That ganz unzugangbar --

SEBASTIAN.

So kan sie doch --

ADRIAN.

So kan sie doch --

ANTONIO.
So kan er doch nicht weiter --

ADRIAN.
Nicht anders, als von einer subtilen zärtlichen und angenehmen Temperatur seyn.

ANTONIO.
*Temperantia* war ein hübsches Mensch.

SEBASTIAN.
Ja, und subtil, wie er auf eine sehr gelehrte Art angemerkt hat.

ADRIAN.
Die Luft weht uns hier recht lieblich an --

SEBASTIAN.
So lieblich, als ob sie eine faule Lunge hätte.

ANTONIO.
Oder als ob sie von einem Morast parfümirt würde.

GONSALO.
Man findet alles hier, was zu einem angenehmen Leben gehört.

ANTONIO.
In der That, ausser nichts zu essen.

SEBASTIAN.
Nun, das eben nicht.

GONSALO.
Wie frisch und anmuthig das Gras aussieht! wie grün!

ANTONIO.
In der That, der Boden ist braungelb.

SEBASTIAN.

Mit einem Gedanken von grün vermengt.

ANTONIO.

Er trift es doch nicht übel.

SEBASTIAN.

Nicht übel; es ist weiter nichts, als daß er die Wahrheit ganz und gar verfehlt.

GONSALO.

Das seltsamste aber, und was in der That allen Glauben übersteigt --

SEBASTIAN.

Wie manche Raritäten der Reisebeschreiber --

GONSALO.

Ist, daß unsre Kleider, ungeachtet sie im Meer wohl durchnezt worden, nichts destoweniger Farbe und Glanz behalten haben; man sollte eher denken, sie seyen noch einmal gefärbt, als vom Seewasser beflekt worden.

ANTONIO.

Wenn nur eine von seinen Taschen reden könnte, würde sie ihn nicht Lügen strafen?

GONSALO.

Mich dünkt, unsre Kleider sehen so neu aus, als wie wir sie in Africa das erstemal anzogen, da der König seine schöne Tochter Claribella mit dem Könige von Tunis vermählte.

SEBASTIAN.

Es war eine lustige Hochzeit, und die Heimreise schlägt uns recht wohl zu.

ADRIAN.

Tunis hat noch nie die Ehre gehabt, eine Königin von so seltnen Vollkommenheiten zu haben.

GONSALO.

Seit der Wittwe Dido Zeiten nicht.

ANTONIO.

Wittwe? daß der Henker die Wittwe! Wie kommt diese Wittwe hieher? warum Wittwe Dido?

SEBASTIAN.

Und wie, wenn er noch gesagt hätte: Wittwer Aeneas? Euer Gnaden nehmen ihm auch alles zum schlimmsten auf.

ADRIAN.

Wittwe Dido, sagtet ihr? Dabey fällt mir auch etwas aus der Schule ein. Dido war von Carthago, nicht von Tunis.

GONSALO.

Aber Tunis, mein guter Herr, war einst Carthago.

ADRIAN.

Carthago?

GONSALO.

Das versichre ich euch, Carthago.

ANTONIO.

Sein Wort ist über die wunderthätige Harfe Amphions.

SEBASTIAN.

Es richtet die Mauren mit samt den Häusern auf.

ANTONIO.

Was für unmögliche Dinge wird er nun zustande bringen?

SEBASTIAN.

Ich denke, er wird auf der Heimreise diese Insel in seine Tasche steken, und sie seinem Buben statt eines Apfels nach Hause bringen.

ANTONIO.

Und die Kerne davon in das Meer säen, damit er eine junge Zucht von Inseln kriegt.

ALONSO.

Wie, wovon sprecht ihr?

GONSALO.

Gnädigster Herr, wir redten davon, daß unsre Kleider noch so neu aussehen, als wie wir sie zu Tunis auf eurer Tochter Vermählungsfest trugen.]

ALONSO.

Ihr erinnert mich zur Unzeit an das, worüber ich mir selbst nur allzuviel Vorwürfe mache -- Wollte der Himmel, ich hätte meine Tochter nie zu Tunis verheurathet! Weil ich dahin reißte, hab ich meinen Sohn verlohren, und meiner Rechnung nach, sie dazu; da sie soweit von Italien entfernt ist, daß ich sie nimmer wiedersehen werde. O du mein Erbe von Neapel und Meiland, was für einem Meer Ungeheuer bist du zur Speise geworden!

FRANCISCO.

Sire, verhoffentlich lebt er noch. Ich sah ihn die entgegenschwellenden Wellen unter ihm wegschlagen, und auf ihrem bezwungenen Rüken reiten; er erhielt sein kühnes Haupt immer über ihnen empor, und steurte sich selbst mit starken Armen ans Ufer, welches sich über seine von den Wellen abgespülte Basis in die

See hinaus bog, als ob es ihm eine Zuflucht darbieten wollte. Ich zweifle nicht, er kam lebendig ans Land.

ALONSO.

Nein, nein, er ist nicht mehr.

SEBASTIAN.

Sire, diesen grossen Verlust habt ihr niemand zu danken als euch selbst, da ihr eure Tochter lieber an einen Africaner verliehren, als unser Europa mit ihr beglükseligen wolltet.

ALONSO.

Ich bitte dich, sey ruhig.

SEBASTIAN.

Wir alle ermüdeten euch ihrentwegen mit Bitten und Kniefällen, und die schöne Seele selbst wog zwischen Neigung und Gehorsam, wohin sich das Wagzünglein neigen sollte. Ich besorge, wir haben euern Sohn auf ewig verlohren; Meiland und Neapel haben mehr Weiber, die dieses Geschäfte zu Wittwen gemacht hat, als wir Männer mitbringen sie zu trösten. Der Fehler ist euer eigen.

ALONSO.

So wie der gröste Verlust.

GONSALO.

Prinz Sebastian, wenn ihr gleich die Wahrheit sagt, so sagt ihr sie doch auf eine unfreundliche Art, und zur Unzeit; ihr reibt die Wunde, da ihr ein Pflaster drauf legen solltet.

SEBASTIAN.

Wohl gesprochen!

ANTONIO.

Und sehr chirurgisch!

GONSALO.

Sire, es ist schlimmes Wetter bey uns allen, wenn Euer Majestät bewölkt ist.

SEBASTIAN.

Schlimmes Wetter?

ANTONIO.

Sehr schlimmes.

GONSALO.

Hätte ich eine Pflanzstätte in dieser Insel anzulegen, Gnädigster Herr --

ANTONIO.

So würd' er Brenn-Nessel-Saamen drein säen.

SEBASTIAN.

Oder Kletten und Pappel-Kraut.

GONSALO.

Und wäre der König davon, was würd' ich thun?

SEBASTIAN.

Euch wenigstens nicht betrinken, denn ihr hättet keinen Wein.

GONSALO.

Die Einrichtung des gemeinen Wesens müßte mir gerade das Wiederspiel von allen unsrigen seyn; denn ich wollte keine Art von Handel und Wandel gestatten; Von Obrigkeitlichen Aemtern sollte nur nicht der Name bekannt seyn; Von allen Wissenschaften sollte man nichts wissen; Kein Reichthum, keine Armuth, kein Unterschied der Stände; nichts von Käuffen, Erbschaften, Marchen, Grenzsteinen, Braachfeldern noch Weinbergen; Kein Gebrauch von Metall, Korn,

Wein oder Oel; Keine Arbeit, alle Leute müßig, alle, und die Weiber dazu; aber alles in Unschuld. Keine Oberherrschaft --

SEBASTIAN.

Und doch wollt' er König davon seyn.

ANTONIO.

Das Ende von seiner Republik vergißt den Anfang (*)

GONSALO.

Alle Dinge sollten gemein seyn; die Natur sollte alles von sich selbst hervorbringen, ohne Arbeit und Schweiß der Menschen. Keine Verrätherey, keine Uebelthaten, folglich auch kein Schwerdt, kein Spieß, kein Messer, kein Schießgewehr, kurz keine Nothwendigkeit von irgend einem Instrument; denn die Natur sollte aus eignem Trieb alles in Ueberfluß hervorbringen, was zum Unterhalt meines unschuldigen Volkes nöthig wäre.

SEBASTIAN.

Würde man denn in seiner Republik nicht auch heurathen?

ANTONIO.

Heurathen? Nichts weniger; lauter müßiges Volk, Huren und Spizbuben.

GONSALO.

Ich wollte mit einer solchen Vollkommenheit regieren, Gnädigster Herr, daß das goldne Alter selbst nicht damit in Vergleichung kommen sollte.

---

(*) Dieses ganze Gespräch ist eine feine Satyre über die Utopischen Tractate von Regierungsformen, und die schimärischen und unbrauchbaren Entwürfe, die darinn angepriesen werden.

Warbürton.

SEBASTIAN.

Der Himmel schüze seine Majestät!

ANTONIO.

Lang lebe Gonsalo!

GONSALO.

Ihr versteht mich doch --

ALONSO.

Ich bitte dich, hör auf; du unterhältst mich mit einem Gespräch von Nichts.

GONSALO.

Das glaub ich Euer Majestät, und ich that es bloß, um diesen beyden Herren Gelegenheit zum Lachen zu geben; denn sie haben so reizbare und zärtliche Lungen, daß sie immer über nichts zu lachen pflegen.

ANTONIO.

Wir lachten über euch.

GONSALO.

Der in dieser Art von Spaßhaftigkeit gegen euch nichts ist; ihr könnt also fortfahren, über nichts zu lachen.

ANTONIO.

Das hat eine Ohrfeige seyn sollen?

SEBASTIAN.

Wenn sie nicht neben bey gefallen wäre.

GONSALO.

Ihr seyd tapfre Herren; ihr würdet den Mond aus seinem Kreise heben, wenn er nur fünf Wochen nach einander ohne abzunehmen scheinen würde.

*(Ariel erscheint, den redenden Personen unsichtbar, mit einer ernsthaften und einschläfrenden Musik.)*

SEBASTIAN.

Das wollten wir, und dann auf den Vogel-Heerd.

ANTONIO *zu Gonsalo.*

Nein, mein guter Herr, werdet nicht böse.

GONSALO.

Ich stehe euch davor, daß ich zu gescheidt bin über eure Einfälle böse zu werden. Wollt ihr mich in den Schlaf lachen? denn ich bin ganz schläfrig.

ANTONIO.

Geht, schlaft und hört uns zu.

ALONSO.

Wie? Alle schon eingeschlafen! Meine Augen schliessen sich auch, möchten sie meine Gedanken zugleich verschliessen!

SEBASTIAN.

Sire, wiedersteht dem Schlummer nicht, der sich euch anbietet. Er besucht selten den Kummer, und wenn er's thut, ist er ein Tröster.

ANTONIO.

Wir zween, Gnädigster Herr, wollen indessen daß ihr der Ruhe geniesset, für eure Sicherheit wachen.

ALONSO.

Ich danke euch -- eine wunderbare Schläfrigkeit! --

*(Alle schlaffen, ausser Sebastian und Antonio.)*

SEBASTIAN.

Was für ein seltsamer Taumel ist das, der sich ihrer bemeistert?

ANTONIO.

Die Beschaffenheit des Clima muß daran Ursache seyn.

SEBASTIAN.

Warum sinken dann unsre Auglieder nicht auch? Ich spüre nicht die mindeste Schläfrigkeit.

ANTONIO.

Ich auch nicht; meine Lebensgeister sind ganz munter. Sie fielen alle hin als ob sie es mit einander abgeredet hätten, sie sanken um, wie vom Donner gerührt. Was könnte, würdiger Sebastian -- O! was könnte -- Nichts weiter! -- Und doch, dünkt mich, ich seh es in deinem Gesicht, was du seyn solltest. Die Gelegenheit sagt es dir, und meine Einbildungs-Kraft sieht eine Krone über deinem Haupte schweben.

SEBASTIAN.

Wie? wachest du?

ANTONIO.

Hört ihr mich denn nicht reden?

SEBASTIAN.

Ich höre dich, aber wahrhaftig es sind Reden eines Schlafenden; du sprichst im Schlaf. Was sagtest du? Es ist ein seltsamer Schlaf, mit weitofnen Augen zu schlafen; stehen, reden, sich bewegen, und doch so hart eingeschlaffen seyn!

ANTONIO.

Edler Sebastian, du lässest dein Glük schlafen. Stirb lieber! du wachest mit geschloßnen Augen.

SEBASTIAN.

Du schnarchest verständlich; es ist Bedeutung in deinem Schnarchen.

ANTONIO.

Ich bin ernsthafter als meine Gewohnheit ist. Seyd auch so, wenn ich euch rathen darf; und es wird euer Glük seyn, euch rathen zu lassen.

SEBASTIAN.

Gut, ich bin stehendes Wasser.

ANTONIO.

Ich will euch fliessen lehren.

SEBASTIAN.

Thue das; stehen lehrt mich meine angeerbte Trägheit.

ANTONIO.

O! wenn ihr nur wißtet, wie sehr ihr meinen Vorschlag liebet, ob ihr ihn gleich zu verwerfen, wie ihr euch immer mehr darinn verwikelt, je mehr ihr euch loß zu winden scheint. Langsame Leute werden oft durch ihre Zagheit oder Trägheit nur desto schneller auf den Grund gezogen.

SEBASTIAN.

Ich bitte dich, sprich deutlich. Dein Blik und deine glühende Wange verkündigen, daß du mit irgend einem grossen Vorhaben schwanger gehst, von dem du so voll bist, daß du es nicht länger zurükhalten kanst.

ANTONIO.

Hier ist es, Prinz. Ungeachtet dieser Höfling, schwachen Angedenkens (es wird gewiß seiner wenig gedacht werden, wenn er einmal eingescharrt ist) den König beynahe überredet hat (denn er ist ein Geist der Ueberredung, er kan sonst nichts als überreden) daß sein Sohn noch lebe; so ist es doch so unmöglich, daß er nicht im Wasser umgekommen seyn sollte, als daß der schwimmt, der hier schläft.

SEBASTIAN.

Ich habe keine Hoffnung, daß er mit dem Leben davongekommen seyn möchte.

ANTONIO.

O sagt mir nichts von Hoffnung --- Was für grosse Hoffnung hättet ihr -- die Hoffnung ligt nicht auf diesem Wege; es ist ein andrer, der zu einer so hohen Hoffnung führt, daß der Ehrgeiz keinen Blik dahin thut, ohne an der Würklichkeit dessen was er sieht zu zweifeln. Wollt ihr mir eingestehen, daß Ferdinand umgekomen ist?

SEBASTIAN.

Ich glaub es.

ANTONIO.

So sagt mir dann, wer ist der nächste Erbe von Neapel?

SEBASTIAN.

Claribella.

ANTONIO.

Sie, welche Königin von Tunis ist; sie, die zehen Meilen hinter einem Menschenalter wohnt; sie, die von Neapel nicht eher eine Nachricht haben kan, (es wäre denn daß die Sonne der Postillion seyn wollte, der Mann im Monde wäre zu langsam) bis neugebohrne Kinne bärtig worden sind; sie, um deren willen wir vom Meer verschlungen worden; obgleich einige, die wieder ausgeworfen worden, von diesem Zufall Gelegenheit nehmen mögen, eine Scene zu spielen, wovon das Vergangne der Prologus ist;

SEBASTIAN.

Was für Zeug ist das? Was sagt ihr? Es ist wahr, meines

Bruders Tochter ist Königin von Tunis, sie ist auch Erbin von Neapel, und zwischen diesen beyden Reichen ist ein ziemlicher Raum.

ANTONIO.

Ein Raum, wovon jede Spanne auszuruffen scheint: wie? soll diese Claribella uns nach Neapel zurük messen? Sie mag in Tunis bleiben, und Sebastian mag erwachen. Sagt mir, gesezt was sie izt befallen hat wäre der Tod, nun denn, sie wären nicht weniger gefährlich als sie izt sind; es giebt jemand, der Neapel eben so gut regieren kan als der so schläft; Leute genug, die so langweilig und unnöthig plaudern können als dieser Gonsalo; ich selbst wollte eine eben so geschwäzige Dole machen können. O! daß ihr mein Herz hättet! was für ein vortheilhafter Schlaf wäre diß für euch! Versteht ihr mich?

SEBASTIAN.

Mich däucht ja.

ANTONIO.

Und wie gefällt euch euer gutes Glük?

SEBASTIAN.

Ich erinnre mich, daß ihr euern Bruder Prospero aus dem Sattel hubet.

ANTONIO.

Das that ich, und seht wie wohl mir meine Kleider stehen; meines Bruders Diener waren einst meine Gesellen, izt sind sie meine Leute.

SEBASTIAN.

Aber euer Gewissen --

ANTONIO.

Nun ja, Herr; wo ligt das? Wenn es ein Hünerauge wäre, so müßt' ich in Pantoffeln gehen; aber in meinem Busen fühl ich diese Gottheit nicht. Hätten zehen Gewissen zwischen mir und Meiland gestanden, sie hätten gefrieren und wieder aufthauen mögen so oft sie gewollt hätten, ohne mich zu beunruhigen. Hier ligt euer Bruder - - nicht besser als die Erde worauf er liegt, wenn er das wäre, was er izt zu seyn scheint, todt; mit drey Zollen von diesem gehorsamen Stahl kan ich ihn auf ewig einschläfern; ihr, wenn ihr eben das thun würdet, könntet diesen altfränkischen Moralisten, diesen Sir Prudentius befördern, damit er uns keine Händel machen könne. Was die übrigen betrift, das sind Leute die sich berichten lassen; sie werden uns die Gloke zu einem jeden Geschäfte sagen, das unserm Angeben nach, in dieser oder jener Stunde gethan werden muß.

SEBASTIAN.

Dein Beyspiel, theurer Freund, soll mein Muster seyn; Ich will Neapel gewinnen wie du Meiland. Zieh deinen Degen; Ein einziger Streich soll dich von dem Tribut befreyen, den du bezahlst, und zum Liebling eines Königs machen.

ANTONIO.

Ziehet auch, und wenn ich mit dem Arm aushohle, so fallet über Gonsalo her.

SEBASTIAN.

O! nur ein Wort noch - -

*(Ariel erscheint mit Musik.)*

ARIEL.

Mein Gebieter, der die Gefahr worinn seine Freunde sind, vorhersah, sendet mich, da sein Entwurf von ihrem Leben abhangt, sie zu erhalten.

*(Er singt dem Gonsalo ins Ohr:)*

Ihr schlaft und schnarchet sorgenfrey,
Weil mördrische Verrätherey
Zu euerm Unglük wacht.
Auf, auf, seht den gezükten Tod
Der euerm sichern Naken droht;
Erwacht! Erwacht! Erwacht!

ANTONIO.

So laß uns schnell seyn.

GONSALO.

Ha, ihr guten Engel, beschüzt den König!

*(Alle erwachen.)*

ALONSO.

Wie, was ist dieses? ha! Erwachet! Warum steht ihr mit entblößten Degen? Warum solche gespenstmäßige Blike?

GONSALO.

Was ist begegnet?

SEBASTIAN.

Weil wir hier standen für die Sicherheit eurer Ruhe zu wachen, hörten wir eben izt ein holes Gebrüll wie von Ochsen, oder vielmehr von Löwen. Erwachtet ihr nicht daran? Es schallte recht fürchterlich in meine Ohren.

ALONSO.

Ich hörte nichts.

ANTONIO.

O! es war ein Getös' eines Ungeheuers Ohr zu erschreken, ein Erdbeben zu verursachen; gewiß es war das Gebrüll einer ganzen Heerde von Löwen.

ALONSO *zu Gonsalo.*

Hörtet ihr's?

GONSALO.

Auf meine Ehre, Sire, ich hörte ein Sumsen, und das ein recht seltsames, wovon ich erwachte. Ich rüttelte euch, Gnädigster Herr, und schrie; wie ich meine Augen aufthat, sah ich ihre Degen gezogen; es war ein Getöse, das ist die Wahrheit. Das beste wird seyn, wenn wir auf unsrer Huth stehen, oder diesen Ort gar verlassen. Wir wollen unsre Degen ziehen.

ALONSO.

Wir wollen weiter gehen, und fortfahren meinen armen Sohn zu suchen.

GONSALO.

Der Himmel schüze ihn vor diesen wilden Thieren; denn er ist gewiß in der Insel.

ALONSO.

Laß uns alle gehen.

ARIEL.

Prospero mein Gebieter soll sogleich erfahren, was ich gethan habe. Geh König, geh unversehrt, und suche deinen Sohn.

*(Alle gehen ab.)*

*

## ZWEYTE SCENE.

*(Eine andre Gegend der Insel.)*

*Caliban mit einer Bürde Holz beladen tritt auf; man hört donnern.*

CALIBAN.

Daß alle anstekenden Dünste, so die Sonne aus stehenden Sümpfen und faulen Pfüzen saugt, auf Prospero fallen, und ihn vom Haupt bis zur Fußsole zu einer Eiter-Beule machen möchten! Ich weiß wohl, daß mich seine Geister hören, aber ich kan mir nicht helfen, ich muß geflucht haben. Und doch würden sie mich nicht kneipen, nicht in Gestalt von Stachelschweinen erschreken, in den Koth tauchen, noch gleich Feuerbränden mich des Nachts in Moräste verleiten, wenn er es ihnen nicht befehlen würde. Um einer jeden Kleinigkeit willen hezt er sie an mich; bald in Gestalt von Affen, die um mich herum schäkern, und zulezt mich beissen; bald gleich Igeln, die zusammengeballt in meinem Fußweg ligen, und wenn ich über sie stolpre, ihre strozenden Stacheln in meine Fußsolen drüken. Manchmal werd ich am ganzen Leibe von Ottern wund gebissen, die mit ihren gespaltenen Zungen so abscheulich um mich herum zischen, daß ich toll werden möchte. Holla! he! was ist das?

*Trinculo tritt auf.*

Hier kommt einer von seinen Geistern, mich zu quälen, daß ich das Holz nicht bälder hineingetragen habe. Ich will auf den Bauch hinfallen; vielleicht wird er meiner nicht gewahr.

TRINCULO.

Hier ist weder Busch noch Gesträuch, worunter einer

sich verkriechen könnte, und ein neuer Sturm ist im Anzug; ich hör ihn im Winde sausen; jene schwarze grosse Wolke wird alle Augenblike wie mit Eymern herunterschütten. Wenn es noch einmal so donnert wie vorhin, so weiß ich nicht, wo ich meinen Kopf verbergen soll -- Ha! was giebts hier -- Mensch oder Fisch! todt oder lebendig? es ist ein Fisch, es riecht wie ein Fisch, ein verflucht mooßichter fischmäßiger Geruch -- ein wunderseltsamer Fisch. Wär' ich izt in England, wie ich einst drinn war, und hätte diesen Fisch nur gemahlt, kein Feyrtags-Narr ist dorten, der mir nicht ein Silberstük dafür gäbe, wenn ich ihn sehen ließ. Dort würde diß Ungeheuer für einen Menschen passiren; eine jede abentheurliche Bestie passirt dort für einen Menschen; (*) wenn sie nicht einen Pfenning geben, einen lahmen Bettler aufzurichten, so geben sie zehne, um einen todten Indianer zu sehen -- Füsse wie ein Mensch; und seine Floßfedern wie Arme! Warm, bey meiner Treu! Ich denke bald, es wird wohl kein Fisch seyn: es ist, denk ich, ein Insulaner, den der lezte Donnerschlag zu Boden geschlagen haben wird. Au weh, das Ungewitter ist wieder da. Das beste wird seyn, ich krieche unter seinen Regenmantel; es ist sonst nirgends kein Ort zu sehen, wo man im troknen seyn

(*) Ich kan mich nicht erwehren zu denken, daß unsre Landsleute diese Satyre wohl verdienen, da sie allezeit so bereitwillig gewesen, die ganze Zunft der Affen zu naturalisiren, wie ihre gewöhnlichen Namen zu erkennen geben. So kommt *Monkey,* nach der Etymologisten Anmerkung von *Monkin, Monikin,* ein Männchen, her; *Baboon* von *babe,* Kind, soviel (weil die Endigung in *oon* eine Vergrösserung andeutet) als ein grosses Kind, *Mantygre,* ein Mensch-Tyger. Und wenn sie ihre Namen aus ihrem Vaterlande mitgebracht haben, wie *Ape,* so hat das gemeine Volk sie gleichsam getauft, durch den Zusaz *Jackan-Ape,* Hans-Aff. Warbürton.

könnte. Die Noth kan einen Menschen mit seltsamen Bettgesellen bekannt machen. Ich will mich hier zusammenschrumpfen, bis der ärgste Sturm vorbey ist.

*(Stephano tritt singend auf.)*

STEPHANO. *(Singt das Ende eines Matrosen-Liedleins.)*
Das ist eine verzweifelt melancholische Melodie, das liesse sich gut an einem Leichbegängniß singen. Aber hier ist mein Trost. *(Er trinkt, und singt wieder.)* Das ist auch eine schwermüthige Melodie; aber hier ist mein Trost. *(Er trinkt.)*

CALIBAN.
Quäle mich nicht, oh!

STEPHANO.
Was giebts hier? haben wir Teufels hier? (*) Wollt ihr uns mit wilden und indianischen Männern in einen Schreken jagen? ha! ich bin dem Ersauffen nicht entgangen, um mich vor euern vier Füssen hier zu fürchten --

CALIBAN.
Der Geist quält mich, oh!

---

(*) Diese Stelle soll vermuthlich die abgeschmakten Fabeln in des alten Ritter *Maundeviles* Reisebeschreibung lächerlich machen, der unter anderm erzählt, *to have traveled thro' an enchaunted Vale, clepen the vale of Develes, which vale is alle fulle of Develes - and Men seyne there, that it is on of the entrees of Helle.* - - - »Er sey durch ein bezaubertes Thal gereist, das Thal der Teufel genannt, welches Thal voller Teufel sey, und die Leute sagen, es sey einer von den Eingängen in die Hölle.« Eben dieser Autor hat in seinen Nachrichten von wilden Männern und Indianischen Menschen alle die Fabeln des Plinius von Menschen mit langen Ohren, einem Auge, einem Fuß ohne Kopf u. dergl. ausgeschrieben, und so davon gesprochen, als ob er sie selbst gesehen habe. Warbürton.

STEPHANO.

Das wird irgend ein vierbeinichtes Ungeheuer aus dieser Insel seyn, das hier das Fieber gekriegt hat - - Aber wie zum Teufel hat es unsre Sprache gelernt? Ich will ihm eine kleine Herzstärkung eingeben, und wenn es auch nur darum wäre, weil es italiänisch spricht. Wenn ich es wieder zu rechte bringen, zahm machen, und nach Neapel mit ihm kommen kan, so ist es ein Präsent für einen so grossen Kayser, als jemals einer auf Kühleder getreten ist!

CALIBAN.

Quäle mich nicht, ich bitte dich; ich will mein Holz ein andermal bälder heimbringen.

STEPHANO.

Er ist izt in seinem Paroxismus, und redt nicht zum gescheidtesten; er soll meine Flasche kosten. Wenn er noch niemals Wein getrunken hat, so wird es nahe zu sein Fieber vertreiben; wenn ich ihn wieder zurecht bringen und zahm machen kan, so will ich nicht zuviel für ihn nehmen; er soll für den zahlen, der ihn hat, und das wie sichs gehört.

CALIBAN.

Bisher hast du mir doch nicht viel leids gethan; aber izt wirst du's thun müssen; ich spüre an deinem Zittern, daß Prospero auf dich würkt.

STEPHANO.

Kommt hervor, macht euer Maul auf; hier ist etwas das dir die Sprache geben wird, Meerkaze; macht euer Maul auf! das wird eure Fröste wegschütteln, ich kan's euch sagen, und das wie sich's gehört; es weiß einer nicht, wo er von ungefehr einen guten Freund findt; die Kinnbaken auf, noch einmal!

TRINCULO.

Ich sollte diese Stimme kennen -- ich denk', es ist -- Aber er ist ertrunken, und das sind Teufels -- O heiliger Sanct --

STEPHANO.

Vier Füsse und zwoo Stimmen, das ist ein recht feines Ungeheur; seine fordere Stimme spricht gutes von seinem Freund; seine hintere Stimme stößt böse Reden und Verläumdungen aus. Ich will ihm von seinem Fieber helfen, und wenn aller Wein in meiner Flasche drauf gehen sollte. Komm, Amen! ich will dir etwas in dein Maul giessen --

TRINCULO.

Stephano --

STEPHANO.

Ich glaube dein andres Maul ruft mich; Barmherzigkeit! Barmherzigkeit! das ist ein Teufel und kein Monster: ich will ihn gehn lassen, ich habe keinen langen Löffel.

TRINCULO.

Stephano, wenn du Stephano bist; so rühre mich an, und sag es mir; denn ich bin Trinculo, fürchte dich nicht, dein guter Freund Trinculo.

STEPHANO.

Wenn du Trinculo bist, so komm hervor, ich will dich bey den dünnern Beinen ziehen, wenn hier welche Trinculo's Beine sind, so müssen es diese seyn. Du bist würklich Trinculo, in der That. Wie kamst du dazu, der Siz von diesem Mondkalb zu seyn?

TRINCULO.

Ich bildete mir ein, er sey vom Donner erschlagen.

Aber wie, bist du nicht ertrunken, Stephano? Ich will nun hoffen, du seyst nicht ertrunken; ist der Sturm vorbey? Ich verbarg mich unter des todten Monkalbs Regenmantel aus Furcht vor dem Sturm; und lebst du noch Stephano? O Stephano, zween Neapolitaner entronnen!

STEPHANO.

Ich bitte dich, dreh mich nicht so herum, mein Magen ist noch nicht wieder am rechten Ort.

CALIBAN.

Das sind hübsche Dinger, wenn es keine Kobolde sind; das ist ein braver Gott, und trägt ein himmliches Getränk bey sich; ich will vor ihm niederknien.

STEPHANO.

Wie bist du davongekommen? Wie kamst du hieher? Schwöre bey dieser Flasche, wie kamst du hieher? ich rettete mich auf einem Faß voll Sect, den die Matrosen über Bord geworfen hatten; das schwör' ich bey dieser Flasche, die ich mit eignen Händen aus der Rinde eines Baums gemacht habe, seit der Zeit, da ich ans Land geworfen wurde.

CALIBAN.

Ich will auf diese Flasche schwören, daß ich dein getreuer Unterthan seyn will; denn der Saft ist nicht irdisch.

STEPHANO.

Hier, schwör dann -- Wie wurdest du errettet?

TRINCULO.

Ich schwamm ans Ufer, Mann, wie eine Ente; ich kan schwimmen wie eine Ente, das schwör' ich!

STEPHANO.

Hier, küß das Buch; wenn du schwimmen kanst wie eine Ente, so kanst du trinken wie eine Gans.

TRINCULO. *(Nachdem er einen Zug aus der Flasche gethan:)*

O Stephano, hast du noch mehr dergleichen?

STEPHANO.

Das ganze Faß, Mann. Mein Keller ist in einem Felsen an der Meer-Seite. Wie stehts, Mondkalb, was macht dein Fieber?

CALIBAN.

Bist du nicht vom Himmel herunter gekommen?

STEPHANO.

Aus dem Mond, das versichr' ich dich; es war eine Zeit, da ich der Mann im Mond war.

CALIBAN.

Ich habe dich drinn gesehen; und ich bete dich an; meine Mutter zeigte dich mir, dich und deinen Hund und deinen Busch.

STEPHANO.

Komm, schwör auf diß; küß das Buch; ich will es bald wieder mit einem neuen Inhalt versehen; schwöre!

TRINCULO.

Beym Element, das ist ein recht abgeschmaktes Ungeheuer! Ich sollt es fürchten? Ein recht abgeschmaktes Ungeheuer! Der Mann im Mond? ein höchst dummes leichtgläubiges Ungeheur! -- Ein guter Zug, Ungeheuer! in vollem Ernst.

CALIBAN.

Ich will dir jeden fruchtbaren Plaz in der Insel zeigen,

und ich will dir die Füsse küssen; ich bitte dich, sey mein Gott.

TRINCULO.

Beym Element, ein höchst treuloses besoffenes Ungeheuer; wenn sein Gott eingeschlafen seyn wird, wird er ihm die Flasche stehlen.

CALIBAN.

Ich will dir die Füsse küssen; ich will schwören, daß ich dein Unterthan seyn will.

STEPHANO.

So komm dann, auf den Boden nieder, und schwöre!

TRINCULO.

Ich werde mich noch über dieses puppenköpfige Ungeheuer zu tode lachen! ein höchst schwermüthiges Ungeheuer! ich hätte gute Lust, ihn eins abzuprügeln --

STEPHANO.

Kom, küsse!

TRINCULO.

-- Wenn das arme Ungeheuer nicht besoffen wäre; ein vermaledeytes Ungeheuer!

CALIBAN.

Ich will dir die besten Quellen zeigen; ich will dir Beeren pflüken, ich will für dich fischen, und dir Holz genug schaffen. Daß die Pest den Tyrannen dem ich diene! Ich will ihm keine Prügel mehr zutragen, sondern mit dir gehen, du wundervoller Mann!

TRINCULO.

Ein höchst lächerliches Ungeheuer, aus einem armen besoffnen Kerl ein Wunder zu machen.

CALIBAN.

Ich bitte dich, laß dich an einen Ort führen, wo Holzäpfelbäume wachsen, ich will dir mit meinen langen Nägeln Trüffeln ausgraben; ich will dir ein Nußheher-Nest zeigen, und dich lehren, die schnelle Meerkaze zu fangen; ich will dir Büschel von Haselnüssen bringen, und dir manchmal junge Gemsen vom Felsen holen. Willt du mit mir gehen?

STEPHANO.

Ich bitte dich, zeig uns den Weg ohne längeres Geschwäze. Trinculo, da der König und alle unsre ehmalige Gefehrten im Wasser umgekommen sind, so wollen wir von dieser Insel Besiz nehmen. Hier, trage meine Flasche; Bruder Trinculo, wir wollen sie gleich wieder füllen.

CALIBAN. *(Singt trunkner Weise ein Abschiedsliedlein von seinem alten Herrn.)*

Freyheit, heyda! heyda! Freyheit! Freyheit! heyda! Freyheit!

STEPHANO.

O! braves Ungeheuer! zeig uns den Weg.

*(Sie gehen ab.)*

*

# *Dritter Aufzug.*

---

## ERSTE SCENE.

*(Vor Prospero's Celle.)*

*Ferdinand tritt mit einem Blok auf der Schulter auf.*

FERDINAND.

Es giebt Spiele welche mühsam sind, aber eben diese Mühe erhöht das Vergnügen das man dabey hat; es giebt niedrige Geschäfte, denen man sich auf eine edle Art unterziehen kan, und höchst geringschäzige Mittel, die zu einem sehr vortreflichen Ziel führen. Dieses mein knechtisches Tagwerk würde mir so beschwerlich als langweilig seyn, wenn nicht die Gebieterin, der ich diene, meine Arbeiten zu Ergözungen machte. O! sie ist zehnmal liebreizender als ihr Vater unfreundlich, ob er gleich aus Härte zusammengesezt ist. Auf seinen strengen Befehl soll ich etliche tausend dergleichen Blöke zusammentragen und auf einander beugen. Meine holdselige Geliebte weint wenn sie mich arbeiten sieht, und klagt, daß ich zu einem so sclavischen Geschäfte mißbraucht werden soll. Ich vergesse darüber das Verdriesliche meines Zustandes, und meine Arbeit verrichtet sich unter diesen angenehmen Gedanken so leicht, daß ich sie kaum empfinde.

*Miranda zu den Vorigen; Prospero in einiger Entfernung.*

MIRANDA.

Ach! ich bitte euch, arbeitet nicht so strenge; ich wollte

der Bliz hätte diese Blöke verbrennt, die du auf einander beugen sollst. Ich bitte euch sizet nieder und ruhet aus; Wenn diß Holz brennt, wird es weinen, daß es euch so abgemattet hat; mein Vater ist in seinem Studieren vertieft; ich bitte euch, ruhet aus; wir werden ihn in den nächsten drey Stunden nicht sehen.

FERDINAND.

O theureste Gebieterin, die Sonne wird untergegangen seyn, eh ich mein auferlegtes Tagwerk vollendet haben werde.

MIRANDA.

Wenn ihr mir versprecht, euch indessen nieder zu sezen, so will ich eure Blöke tragen. Ich bitte euch, thut es mir zu gefallen, ich will sie nur zu dem Hauffen tragen.

FERDINAND.

Nein, du unschäzbares Geschöpf; eher sollten mir meine Sehnen springen und mein Rükgrat brechen, eh du eine solche Arbeit thun und ich müßig zusehen sollte.

MIRANDA.

Sie würde sich nicht übler für mich schiken als für euch; und es würde mich noch einmal so leicht ankommen; denn ich thät es aus gutem Willen, und ihr thut es ungern.

PROSPERO *(für sich.)*

Armer Wurm! du bist angestekt; dieser Besuch ist eine Probe davon.

MIRANDA.

Ihr seht verdrieslich aus.

FERDINAND.

Nein, meine edle Gebieterin, wenn ihr im Finstern bey mir wäret, so wär' es frischer Morgen um mich her. Ich bitte euch (vornehmlich damit ich ihn in mein Gebet sezen könne), wie ist euer Name?

MIRANDA.

Miranda - - - O mein Vater, ich hab' euer Verbot übertreten, indem ich diß sagte.

FERDINAND.

Bewundernswürdige Miranda, in der That, alles würdig, was die Welt schäzbarstes hat! Ich habe viele Damen gesehen, mit aufmerksamen Augen gesehen, und manchmal hat die Music ihrer Zungen mein allzuwilliges Ohr gefesselt; um verschiedner Vorzüge willen haben mir verschiedne Frauenzimmer gefallen, aber keine jemals so sehr, daß nicht bald irgend ein Fehler den ich an ihr bemerkt, ihre schönste Eigenschaft verdunkelt hätte. Du allein, o du, so vollkommen, so unvergleichlich, bist aus allem zusammengesezt, was an jedem Geschöpfe das Beste ist.

MIRANDA.

Ich kenne keine von meinem Geschlecht, und habe nie ein weibliches Gesicht erblikt, ausser mein eignes in meinem Spiegel; noch habe ich mehr Männer gesehen, die ich so nennen mag, als euch, mein guter Freund, und meinen theuren Vater. Was für Geschöpfe anderswo seyn mögen, kan ich nicht wissen: Aber, bey meiner Unschuld, meinem besten Kleinod, ich wünsche mir keine andre Gesellschaft in der Welt als die eurige; noch kan meine Einbildungskraft sich eine andre Gestalt vorbilden, die mir gefallen könnte, als die eurige. Aber ich plaudre, denk ich, zu unbesonnen, und vergesse hierinn meines Vaters Ermahnungen.

FERDINAND.

Ich bin meinem Stande nach ein Prinz, Miranda; ich denke, ein König (wollte der Himmel ich wär' es nicht!) und ich wollte diese hölzerne Sclaverey nicht mehr erdulden, als ich leiden wollte daß eine Fleischfliege mir auf die Lippen säße. Aber höret meine Seele reden: In dem ersten Augenblik, da ich euch sah, flog mein Herz in euern Dienst, und machte mich auf ewig zu euerm Leibeignen, und um euertwillen bin ich ein so geduldiger Holzträger.

MIRANDA.

Liebet ihr mich also?

FERDINAND.

O Himmel, o Erde, seyd meine Zeugen, und krönet meine Rede mit einem glüklichen Erfolg, so wie ich die Wahrheit rede; wo nicht, so verkehret meine besten Hoffnungen in Unglük. Ueber alles was in der Welt ist, über alle Grenzen, liebe, schäze und verehr' ich euch.

MIRANDA.

Ich bin eine Thörin daß ich darüber weine, was ich so erfreut bin zu hören.

PROSPERO *(für sich.)*

Wie selten treffen zwey solche Herzen einander an! Ihr Himmel, schüttet euern Segen auf ihre keimende Liebe!

FERDINAND.

Warum weinet ihr?

MIRANDA.

Ueber meine Unwürdigkeit, die es nicht wagen darf anzubieten was ich zu geben wünsche, und noch viel weniger anzunehmen, wessen Verlust mein Tod seyn würde. Doch diß ist Tändeley! Je mehr es sich selbst verbergen will, desto mehr zeigt es seine Grösse. Hinweg, falsche Schaamhaftigkeit, und du allein regiere meinen Mund, offenherzige und heilige Unschuld. Ich bin euer Weib, wenn ihr mich heurathen wollt, wo nicht, so will ich als euer Mädchen sterben; ihr könnt mir abschlagen, eure Gesellin zu seyn; aber eure Sclavin will ich seyn, ihr möget wollen oder nicht.

FERDINAND *(kniend.)*

Meine theureste Gebieterin, und ich ewig der deinige.

MIRANDA.

Mein Gemahl also?

FERDINAND.

Mit so verlangendem Herzen, als die Knechtschaft sich nach Freyheit sehnt. Hier ist meine Hand.

MIRANDA.

Und hier die meinige, mit meinem Herzen drinn; und nun lebet wohl, auf eine halbe Stunde.

FERDINAND.

Tausend, tausend Lebewohl!

*(Sie gehen ab.)*

PROSPERO.

So froh über dieses als sie, kan ich nicht seyn, sie, die lauter Entzükung sind; aber es ist nichts in der Welt, worüber ich eine grössere Freude haben könnte. Ich will zu meinem Buche. Denn zwischen izt und der Abend-Essens-Zeit muß ich noch vieles nöthige zu stande bringen.

*(Geht ab.)*

*

## ZWEYTE SCENE.

*(Eine andre Gegend der Insel.)*

*Caliban, Stephano und Trinculo treten auf.*

STEPHANO.

Sagt mir nichts mehr hievon; wenn das Faß leer ist, wollen wir Wasser trinken, eher keinen Tropfen. Fülle also wieder auf, und laß dirs gut schmeken, dienstbares Ungeheuer; trink mirs zu.

TRINCULO.

Dienstbares Ungeheuer! Wie das eine närrische Insel ist! Sie sagen es habe nur ihrer fünf auf dieser Insel; wir sind drey davon, wenn die andern beyde nicht richtiger im Kopf sind als wir, so wakelt der Staat.

STEPHANO.

Trink, dienstbares Ungeheuer, wenn ichs dich heisse; deine Augen stehen dir gewaltig tief im Kopfe.

TRINCULO.

Wo sollten sie denn sonst stehen? Er wäre ein feines Ungeheuer, in der That, wenn er sie am H** stehen hätte.

STEPHANO.

Mein menschliches Ungeheuer hat seine Zunge in Sect ersäuft; was mich betrift, mich kan die See nicht einmal ersäuffen. Ich schwamm eh ich das Ufer erreichen konnte, fünf und dreyßig Meilen hin und her; beym Element, du sollst mein Leutnant seyn, Ungeheuer, oder mein Fahnen-Junker -- Warum so still, Mondkalb? Sprich einmal in deinem Leben wenn du ein gutes Mondkalb bist.

CALIBAN.

Wie geht's dir? Laß mich deine Schuh leken; ich will ihm *(er deutet auf Trinculo,)* nicht dienen, er ist nicht herzhaft!

TRINCULO.

Du lügst, du höchst unwissendes Ungeheuer, ich bin im Stand es mit einem Gerichts-Amman aufzunehmen; wie? du lüderlicher Fisch du, ist jemals ein Mann eine Memme gewesen, der so viel Sect in einem Tag getrunken hat als ich? Darfst du so ungeheure Lügen sagen, und bist nur halb ein Fisch und halb ein Ungeheuer?

CALIBAN.

Horch, wie er mich schimpfirt; willt du ihm heimzünden, Mylord?

TRINCULO.

Mylord, sagt er! Daß ein Ungeheuer so einfältig seyn kan!

CALIBAN.

Horch, horch, schon wieder; beiß ihn zu tode, ich bitte dich.

STEPHANO.

Trinculo, stek deine Zunge ein! Wenn du einen Aufruhr anfangst, so soll der nächste Baum -- Das arme Ungeheuer ist mein Unterthan, und ich werde nicht leiden daß ihm übel begegnet werde.

CALIBAN.

Ich danke dir, mein edler Gebieter. Gefällt es dir, die Bitte, die ich an dich gethan habe, noch einmal zu hören?

STEPHANO.

Beym Element, das will ich; knie nieder und wiederhole sie; ich will stehen, und Trinculo soll auch stehen.

*Ariel kommt unsichtbar dazu.*

CALIBAN.

Wie ich dir vorhin gesagt habe, ich bin einem Tyrannen unterthan, einem Zauberer, der mir durch seine List diese Insel abgetrödelt hat.

ARIEL.

Du lügst.

CALIBAN *(zu Trinculo.)*

Du lügst, du Maulaffe du; ich wollte, daß mein dapfrer Meister dich vernichtete; ich lüge nicht.

STEPHANO.

Trinculo, wenn ihr ihn noch ein einzig mal in seiner Erzählung unterbrecht, beym Sapperment, so will ich euch etliche Zähne supplantiren!

TRINCULO.

Was? Ich sagte nichts.

STEPHANO.

Husch denn, und nichts weiter; fahre fort!

CALIBAN.

Ich sage, durch Zauberey gewann er diese Insel, von mir gewann er sie. Wenn deine Hoheit sie ihm wieder abnehmen will, (denn ich weiß, du hast das Herz dazu, aber dieses Ding hat kein Herz --)

STEPHANO.

Das ist eine ausgemachte Sache.

CALIBAN.

So sollt du Herr davon seyn, und ich will dir dienen.

STEPHANO.

Wie wollen wir das anstellen? Kanst du mir ein Mittel vorschlagen?

CALIBAN.

Ja, ja, mein Gebieter, ich will ihn dir schlafend überliefern, dann kanst du ihm einen Nagel in den Kopf schlagen.

ARIEL.

Du lügst, das kanst du nicht.

CALIBAN.

Was für ein elster-mässiger Flegel ist das? du Lumpenkerl du! Ich bitte deine Hoheit, gieb ihm Maulschellen und nimm ihm diese Flasche; wenn er sie nicht mehr hat, so muß er lauter Pfüzenwasser trinken, denn ich will ihm nicht zeigen, wo die Brunnquellen sind.

STEPHANO.

Trinculo, seze dich keiner fernern Gefahr aus. Unterbrich das Ungeheuer nur mit einem Wort, und beym Sapperment, ich will meine Barmherzigkeit zur Thür hinaus stossen, und einen Stokfisch aus dir machen.

TRINCULO.

Wie? Was that ich denn? Ich that nichts; ich will weiter weggehen.

STEPHANO.

Sagtest du nicht, er lüge?

ARIEL.

Du lügst.

STEPHANO. *(Er prügelt den Trinculo.)*

Thu ich das? Nimm das, und wenn es dir wohl schmekt, so heisse mich ein andermal wieder lügen.

TRINCULO.

Ich habe dich nicht lügen geheissen --- Habt ihr den Verstand verlohren, und das Gehör dazu? daß der Henker eure Flasche! Das kan Sect und Trinken thun! Daß die schwere Noth dein Ungeheuer, und der T** deine Finger --

CALIBAN.

Ha, ha, ha.

STEPHANO.

Nun, weiter in deiner Erzählung -- *(zu Trinculo)* ich bitte dich, steh weiter zurük.

CALIBAN.

Schlag ihn bis er genug hat; über eine Weile will ich ihm auch geben.

STEPHANO.

Weiter zurük -- Komm, fahre fort.

CALIBAN.

Wie ich dir sagte, er hat die Gewohnheit nachmittags zu schlaffen; dann kanst du ihm den Kopf spalten, aber du must ihm vorher seine Bücher nehmen; oder du kanst ihm mit einem Bloke den Hirnschedel zersplittern, oder ihm mit einem Pfahl den Bauch aufreissen, oder ihm mit deinem Messer die Gurgel abschneiden. Vergiß nicht, ihm seine Bücher vorher wegzunehmen; denn ohne sie ist er nur ein Dummkopf wie ich; und hat nicht einen einzigen Geist mehr, dem er befehlen könnte. Sie hassen ihn alle mit einem so eingewurzelten Haß wie ich. Verbrenne nur seine Bücher. Er hat hübsche Möbeln, wie er sie heißt, womit er sein Haus einrichten will, wenn er eins hat. Und was am tiefsten dabey zu betrachten ist, das ist die Schönheit seiner Tochter; er selbst nennt sie sein Tausendschönchen; ich habe nie mehr als zwey Weibsbilder gesehen, Sycorax, meine Mutter, und sie; aber sie übertrift Sycorax so weit als das Gröste das Kleinste.

STEPHANO.

Ist sie so ein hübsches Mensch?

CALIBAN.

Ja, mein Gebieter; sie wird dein Bette zieren, ich versichre dich's, und dir eine brave junge Zucht bringen.

STEPHANO.

Ungeheuer, ich will diesen Mann umbringen; seine Tochter und ich sollen König und Königin seyn, (Gott erhalte unsre Majestäten!) und Trinculo und du, ihr sollt Vice-Könige seyn. Gefällt dir der Anschlag, Trinculo?

TRINCULO.

Vortrefflich.

STEPHANO.

Gieb mir deine Hand; es ist mir leid, daß ich dich geprügelt habe: aber so lange du lebst, so halte deine Zunge wohl im Zaum.

CALIBAN.

In der nächsten halben Stunde wird er eingeschlafen seyn; willt du ihn alsdann vernichten?

STEPHANO.

Ja, bey meiner Ehre.

ARIEL.

Das will ich meinem Herrn erzählen.

CALIBAN.

Du machst mich ganz aufgeräumt; ich bin voller Freuden; laß uns lustig seyn. Wollen wir Bilboquet spielen, das ihr mich nur erst gelernt habt?

STEPHANO.

Weil du mich drumm bittest, Ungeheuer, so will ich dir etwas zu gefallen thun. Komm, Trinculo, wir wollen singen.

*(Sie singen ein Gassenlied.)*

CALIBAN.

Das ist nicht die rechte Melodie.

*(Ariel spielt ihnen die Melodie auf einer Pfeiffe, mit einer Biscayer-Trummel.)*

STEPHANO.

Was ist das?

TRINCULO.

Es ist die Melodie unsers Lieds, von einem Gemählde von Niemand gespielt.

STEPHANO.

Wenn du ein Mensch bist, so zeige dich in deiner Gestalt; und bist du der Teufel, so zeige dich wie du willst.

TRINCULO.

O! vergieb mir meine Sünden!

STEPHANO.

Wer stirbt, bezahlt alle seine Schulden. Ich biete dir Troz! (Der Himmel steh uns bey!)

CALIBAN.

Fürchtest du dich?

STEPHANO.

Nein, Ungeheuer, nicht ich.

CALIBAN.

Du must dich nicht fürchten; diese Insel ist voll von Getöse, Tönen und anmuthigen Melodien, welche belustigen und keinen Schaden thun. Manchmal sumsen tausend klimpernde Instrumente um mein Ohr; manchmal Stimmen, die, wenn ich gleich dann aus einem langen Schlaf aufgewacht wäre, mich wieder einschläfern würden; dann däuchts mir im Traum, die Wolken thun sich auf, und zeigen mir Schäze, die auf mich herunter regnen wollen; daß ich, wenn ich erwache, schrey und weine, weil ich wieder träumen möchte.

STEPHANO.

Das wird ein braves Königreich für mich werden; ich werde die Musik umsonst haben.

CALIBAN.

Wenn Prospero vernichtet ist.

STEPHANO.

Das soll nicht lange mehr anstehen; ich hab' es nicht vergessen.

TRINCULO.

Das Getön geht fort; wir wollen ihm nach, und dann an unsre Arbeit gehen.

STEPHANO.

Führ uns, Ungeheuer, wir wollen dir folgen. Ich wollte ich könnte diesen Trummelschläger sehen. Er hört auf.

TRINCULO.

Willt du kommen? Ich gehe nach Stephano.

*(Sie gehen ab.)*

*

## DRITTE SCENE.

*(Ein andrer Theil der Insel.)*

*Alonso, Sebastian, Antonio, Gonsalo, Adrian, Francisco, u. s. w. treten auf.*

GONSALO.

Bey Sct. Velten, ich kan nicht weiter, Sire; meine alten Beine schmerzen mich; wir sind hier in einem Labyrinth: Auf meine Ehre, alles geht durch Irrwege, und Mäander. Mit eurer Erlaubniß, ich muß mich niedersezen.

ALONSO.

Alter Mann, ich kan dirs nicht verdenken, ich bin selbst bis zur Betäubung meiner Lebensgeister abgemattet; seze dich und ruhe aus. Ich gebe die Hoffnung auf, die ich wie einen Schmeichler bisher geheget habe; er ist umgekommen, den wir so mühsam suchen, und das Meer spottet unsers Nachforschens auf dem Lande. Wol dann, es mag seyn.

ANTONIO *(leise zu Sebastian.)*

Ich bin sehr erfreut daß er so hoffnunglos ist. Vergesset, um eines Fehlstreichs willen, das Vorhaben nicht, wozu ihr euch entschlossen habt.

SEBASTIAN.

Bey der nächsten bequemen Gelegenheit wollen wir unsern Vortheil besser nehmen.

ANTONIO.

Laßt es diese Nacht seyn; sie sind von der Reise so abgemattet, daß sie weder daran denken, noch im Stande sind so viel Vorsichtigkeit zu gebrauchen, als wenn sie frisch wären.

SEBASTIAN.

Diese Nacht! Nichts weiter.

*(Man hört eine seltsame und feyrliche Musik, und Prospero zeigt sich (den redenden Personen unsichtbar) auf der Spize des Berges. Verschiedne wunderbare Gespenster treten auf, tragen eine Tafel mit Speisen und Getränk herzu, tanzen um dieselbe mit freundlichen Gebehrden, als ob sie den König und seine Gefährten willkommen heissen wollten, und nachdem sie dieselben eingeladen zu essen, verschwinden sie wieder.)*

ALONSO.

Was für eine Harmonie ist diß? meine guten Freunde, horcht!

GONSALO.

Eine wunderbar angenehme Musik.

ALONSO.

Gieb uns freundliche Wirthe, o Himmel! Wer sind diese?

SEBASTIAN.

Das ist ein Haupt-Spaß. Nun will ich glauben, daß es Einhörner giebt; daß in Arabien ein einziger Baum ist, der Thron des Phönix, und ein einziger Phönix, der bis auf diese Stunde da regiert.

ANTONIO.

Ich will beydes glauben, und was sonst nicht viel Credit hat, komme nur zu mir, ich will schwören es sey wahr. Reisebeschreiber haben nie gelogen, wenn schon Geken, die hinter dem Ofen sizen, sie verurtheilen.

GONSALO.

Wenn ich nach Neapel käme und das erzählte, würde man mir's glauben? Wenn ich sagte: Ich sahe solche Insulaner (denn gewiß sind das die Einwohner dieser Insel) und ob sie gleich von mißgestalteter und abentheurlicher Bildung sind; so sind doch ihre Manieren leutseliger und artiger als ihr bey manchen finden werdet, die zum menschlichen Geschlecht gehören; ja, in der That.

PROSPERO *(vor sich.)*

Du ehrlicher Alter, du sprichst wohl; denn es sind hier einige unter euch, die schlimmer als Teufels sind.

ALONSO.

Ich kan nicht genug erstaunen; solche Gestalten, solche Gebehrden, ein solcher Ton, der, (ob es ihnen gleich am Gebrauch der Zunge fehlt) eine Art von einer vortrefflichen stummen Sprache ausmacht.

PROSPERO *(vor sich.)*

Diese Lobsprüche könnten zu voreilig seyn.

FRANCISCO.

Sie verschwanden auf eine seltsame Art.

SEBASTIAN.

Das hat nichts zu sagen, da sie uns zu essen hinterlassen haben; denn ich denke, wir spüren alle, daß wir einen Magen haben. Gefällt es Euer Majestät, etwas hievon zu kosten?

ALONSO.

Ich habe keine Lust.

GONSALO.

Auf meine Treue, Gnädigster Herr, ihr habt keine Ursache etwas zu besorgen. Wie wir noch kleine Jungen waren, welcher unter uns hätte geglaubt, daß es Leute in Gebürgen gebe, welche einen diken hautigen Hals hätten wie die Ochsen, oder denen der Kopf in der Brust stünde? Was man selbst sieht, glaubt man am besten.

ALONSO.

Ich will mit zustehen, und essen, wenn es gleich mein leztes wäre; es ligt mir nichts daran, das beste ist vorbey; Bruder, Herzog, stehet zu, und machet's wie wir.

*

## VIERTE SCENE.

*(Donner und Blize. Ariel tritt in Gestalt einer Harpye auf, schlägt mit seinen Flügeln auf die Tafel, und vermittelst einer unmerklichen Veranstaltung verschwindet die Mahlzeit im gleichen Augenblik.)*

ARIEL.

Ihr seyd drey Männer der Sünde, welche das rächende Schiksal (so sich dieser untern Welt und alldessen was drinn ist, zu Werkzeugen bedient) im Sturm auf diese unbewohnte Insel ausgeworfen, (*) als Leute die höchst unwürdig sind unter Menschen zu leben. Ich

(*) Im Original: »Welche das Schiksal u. s. w. von der gefräßigen nimmersatten See hat ausrülpsen lassen, und an diese Insel« u. s. w.

hab' eure Sinnen betäubt, und euch nicht mehr Stärke übrig gelassen, als ein Mensch nöthig hat, sich selbst zu hängen oder zu ertränken. Ihr Narren! ich und meine Gesellen sind Diener des Schiksals; die Elemente woraus eure Schwerdter bereitet sind, könnten eben so wohl den sausenden Wind verwunden, oder mit lächerlichen Stichen das stets sich wieder schliessende Wasser tödten, als eine einzige Pflaumfeder aus meinen Schwingen reissen. Meine Gesellen sind eben so unverwundbar. Und wenn ihr uns auch verwunden könntet, so sind eure Schwerdter zu schwer für eure izige Stärke, und ihr seyd nicht einmal im Stande sie aufzuheben. Erinnert euch dann (denn das ist mein Geschäft an euch) daß ihr drey es waret, die den rechtschafnen Prospero aus Meiland vertrieben, und der offnen See, (die es euch nun vergolten hat) ausgesezt, ihn und sein unschuldiges Kind! Um dieser Uebelthat willen haben die himmlischen Mächte, welche die Bestrafung des Unrechts zwar verschieben aber nie vergessen, das Meer und das feste Land, ja alle Geschöpfe wieder euch empört, dich, Alonso, deines Sohnes beraubt, und sprechen nun durch mich das Urtheil über euch aus; daß langsames Verderben, schreklicher als irgend ein schneller Tod, Schritt für Schritt euch und eure Wege verfolgen soll. Nichts kan euch vor ihrem Zorn (der sonst in diesem wüsten Eiland auf eure Häupter fallen wird) beschüzen, als ein reuevolles Herz, und in Zukunft ein reines Leben.

*(Ariel verschwindt im Donner, darauf folget eine Symphonie mit Sordinen; die Gespenster kommen, und tragen nach einem Tanz voller seltsamer Grimassen die Tafel wieder hinweg.)*

PROSPERO *(vor sich.)*

Du hast die Role dieser Harpye gut gemacht, mein

Ariel -- du hast nichts von meiner Vorschrift ausgelassen -- eben so gut in ihrer Art haben auch meine geringern Diener ihre verschiednen Personen gespielt; meine Bezauberungen würken, und diese meine Feinde von betäubendem Schreken gefesselt, sind alle in meiner Gewalt. Ich verlasse sie nun in diesem Zustand, um den jungen Ferdinand, den sie für verlohren schäzen, und seinen und meinen Liebling zu besuchen.

*(Prospero geht ab.)*

GONSALO.

Im Namen alles dessen was heilig ist, Sire, warum steht ihr da, als ob ihr ein Gespenste sähet?

ALONSO.

O! es ist entsezlich, entsezlich! Mich däuchte die Wellen redeten und warfen mir's vor; die Winde heulten mir's entgegen, und der Donner, diese tieffe fürchterliche Orgelpfeiffe, sprach den Namen Prospero aus -- und gab das Zeichen zu meinem Tod -- Um meines Verbrechens willen ligt mein Sohn in einem nassen Bette; ich will ihn suchen, tiefer als jemals ein Senkel-Bley gefallen ist, und dort bey ihm im Schlamme begraben ligen.

*(Geht ab.)*

SEBASTIAN.

Das war erst ein Teufel; ich will ihrer ganze Legionen zu Boden fechten.

ANTONIO.

Und ich will dein Secondant seyn.

*(Gehen ab.)*

GONSALO.

Alle drey sind in Verzweiflung; ihre schwere Verschuldung, gleich einem Gift, das erst nach langer Zeit würken soll, fangt nun an, ihre Lebensgeister zu nagen. Ich bitte euch, ihr die ihr biegsamere Gelenke habt als ich, folget ihnen so eilfertig als ihr könnt, und verhindert sie an dem, wozu die sinnlose Verzweiflung sie treiben mag.

ADRIAN.

Folget mir, ich bitte euch.

*(Sie gehen ab.)*

*

# *Vierter Aufzug.*

## ERSTE SCENE.

*(Prospero's Celle.)*

*Prospero, Ferdinand und Miranda.*

PROSPERO.

Wenn ich euch zu strenge begegnet bin, so hoffe ich, der Ersaz den ich euch gegeben, wird es vergüten; denn ich habe euch einen Faden von meinem eignen Leben gegeben, oder vielmehr das einzige, wofür ich lebe. Hier liefre ich sie nochmals in deine Hand: Alle Kränkungen, die du erduldet hast, waren nur Prüfungen deiner Liebe, und du hast auf eine ausserordentliche Art die Probe gehalten. Hier, im Angesicht des Himmels bestätige ich dieses mein reiches Geschenk. O Ferdinand, lächle nicht über mich, daß ich stolz auf sie bin; du wirst finden, daß sie alles Lob weit hinter sich zurüke lassen wird.

FERDINAND.

Ich glaub' es gegen ein Orakel.

PROSPERO.

So empfange dann, als mein Geschenk und als dein wohlverdientes Eigenthum, empfange meine Tochter. Aber wofern du ihren jungfräulichen Gürtel auflösest, eh euer Bündniß durch alle geheiligten Feyerlichkeiten, nach vollständigem Gebrauch bekräftiget werden kan: So möge der Himmel alle die segensvollen Einflüsse zurükhalten, die sonst euere Vereinigung bekrönen würden; und statt derselben soll unfruchtbarer Haß, sauersehender Widerwille und Zwietracht euer Bette mit so wildem Unkraut bestreuen, daß ihr es beyde hassen sollet. Nimm dich also in Acht, so lieb es dir ist, daß Hymens Fakel dir leuchte.

FERDINAND.

So wie ich ruhige Tage, eine schöne Nachkommenschaft, und ein langes Leben, mit der unveränderten Dauer einer solchen Liebe, als ich izt empfinde, mir wünsche; so gewiß soll die finsterste Höle, die bequemste Gelegenheit und die stärkste Eingebung unsers bösen Genius nimmermehr vermögend seyn, meine tugendhafte Liebe in unordentliche Lust zu zerschmelzen, daß ich rauben sollte was jenem feyerlichen Tag vorbehalten ist, bey dessen Anbruch mich's dünken wird, entweder die Sonnenpferde seyen steif, oder die Nacht mit Ketten angeschmiedet worden.

PROSPERO.

Wohl gesprochen! Size dann nieder und rede mit ihr, sie ist dein eigen. Wie? Ariel, mein ausrichtsamer Diener, Ariel --

*

## ZWEYTE SCENE.

*Ariel zu den Vorigen.*

ARIEL.

Was befiehlt mein mächtiger Gebieter? hier bin ich.

PROSPERO.

Du und deine geringern Mitgesellen haben vorhin ihren Dienst aufs beste versehen, und ich will euch izt zu einem andern Spiel gebrauchen. Geh, bring die Geisterschaar, über die ich dir Gewalt gegeben habe, an diesen Ort; Muntre sie zu schnellen Bewegungen auf, denn ich muß die Augen dieses jungen Paars mit irgend einer Eitelkeit meiner Kunst belustigen; ich hab' es versprochen und sie erwarten's von mir.

ARIEL.

Sogleich?

PROSPERO.

Ja, in einem Augenblik.

ARIEL.

Eh ihr sagen könnt, komm und geh, zweymal athmen, und ruffen, so, so; soll jeder auf den Zehen tripplend hier seyn, und seine Künste machen. Liebt ihr mich nun, mein Gebieter? (*)

PROSPERO.

Höchlich, mein sinnreicher Ariel; komm nicht zurük, bis ich dich ruffe.

ARIEL.

Gut, ich verstehe dich.

*(Geht ab.)*

PROSPERO *zu Ferdinand.*

Vergiß du nicht dein Wort zu halten; treibe den Scherz nicht zu weit; die stärksten Eide sind nur Stroh für das Feuer in unserm Blute; halte besser an dich, oder gute Nacht, Gelübde!

---

(*) Ariel sagt dieses im Original in kleinen Versen, die sich alle in O reimen, und, weil sie alle ihre Artigkeit daher haben, sich nicht in Reime übersezen lassen.

FERDINAND.

Ich versichre euch, mein Herr, dieser weisse kalte jungfräuliche Schnee an mein Herz gedrükt, kühlt die Hize meiner Leber ab.

PROSPERO.

Gut; komm izt, mein Ariel; bringe lieber einen Geist zuviel, als daß einer mangle; erscheine uns munter -- Redet ihr kein Wort, seyd lauter Auge; Still!

*(Man hört eine angenehme Musik.)*

*

## DRITTE SCENE.

*(Ein allegorisches Schauspiel.)*

*Iris tritt auf.*

IRIS.

Ceres, (*) huldreiche Göttin, deine goldnen Felder voll Waizen, Gerste, Haber, Wiken und Bohnen, deine kräuterreichen Berge, mit grasenden Schaafen bedekt, und deine ebnen Wiesen, wo sie in strohbedekten Hürden ligen, deine mit Blumen eingelegte und mit Tulpen bordirte Bänke, vom schwammichten Aprill auf deinen Befehl so geschmükt, um für kalte Nymphen keusche Kränze zu machen, und deine braunen Lauben, deren Schatten der von seinem Mädchen abgewiesene Junggeselle liebt; deine eingezäunte Weinberge, und deine unfruchtbaren Seebänke und Felsen, auf

(*) Dieses ganze Spiel ist im Original in Reimen.

denen du dich zu verlüften pflegst: Alles dieses befiehlt dir die Königin des Himmels, deren Dienerin ich bin, zu verlassen, und auf diesem grünen Plaz ihrer gebietenden Majestät Gesellschaft zu leisten. Ihre Pfauen sind in vollem Anzug. Nähere dich, reiche Ceres, sie zu unterhalten.

*Ceres tritt auf.*

CERES.

Heil dir, vielfarbichte Bötin und Aufwärterin der Gemahlin des Jupiters, die du von deinen saffrangelben Schwingen honigtriefende, erfrischende Regen auf meine Blumen schüttest, und mit jedem Ende deines blauen Bogens, einer reichen Schärpe für meine stolze Erde, meine schwellenden Felder und meine nakten Sandhügel bekrönst; warum hat deine Königin mich hieher beruffen?

IRIS.

Ein Bündniß treuer Liebe zu begehen, und die glüklichen Liebhaber mit einem freywilligen Geschenke zu begaben.

CERES.

Sage mir, himmlischer Bogen, ist dir nicht bekannt, ob Venus oder ihr Sohn die Königin begleiten? Denn seitdem sie dem düstern Pluto Vorschub gethan haben, meine Tochter zu entführen, hab' ich ihre und ihres blinden Buben ärgerliche Gesellschaft verschworen.

IRIS.

Fürchte dich nicht vor ihrer Gesellschaft. Ich begegnete ihrer Deität, wie sie die Wolken gegen Paphos zu durchschnitt, sie und ihr Sohn, von Dauben mit ihr gezogen; sie bildeten sich ein, durch irgend ein leichtfertiges Zauberwerk diesen Jüngling und diß Mädchen zu bethören, die das Gelübde gethan haben, sich der Rechte des Ehebettes zu enthalten, bis Hymens Fakel ihnen angezündet wird; aber die heisse Buhlerin des Kriegs-Gottes ist unverrichter Dingen zurük gekommen, und ihr wespen-mässiger Sohn hat seinen Bogen zerbrochen, und schwört, er wolle keinen Pfeil mehr anrühren, sondern mit Spazen spielen und geradezu ein kleiner Junge seyn.

CERES.

Die hohe Königin des Götter-Staats, die grosse Juno kommt; ich erkenne sie an ihrem Gang.

*Juno steigt von ihrem Wagen und tritt auf.*

JUNO.

Wie befindet sich meine mildreiche Schwester? Komm mit mir, dieses Paar zu segnen, daß sie glüklich seyn, und eine ehrenvolle Nachkommenschaft sehen mögen.

*(Juno und Ceres singen ein Lied, worinn jede die Verlobten mit ihren eignen Gaben beschenkt.)*

FERDINAND.

Diß ist ein höchst majestätisches Gesicht, und eine bezaubernde Harmonie; und darf ich kühnlich glauben, daß es Geister sind?

PROSPERO.

Geister, die ich durch meine Kunst aus ihren Bezirken hiehergerufen habe, meine Phantasien auszuführen.

FERDINAND.

O! laßt mich hier ewig leben; ein so wundervoller Vater, und ein solches Weib machen diesen Ort zu einem Paradiese.

PROSPERO.

Stille, mein Wehrter! Juno und Ceres lispeln einander ganz ernsthaft etwas in die Ohren; es wird noch etwas zuthun seyn; husch, seyd stumm, oder unser Spiel wird verdorben.

*(Juno und Ceres reden leise mit einander, und schiken Iris mit einem Auftrag ab.)*

IRIS.

Ihr Nymphen der schlängelnden Bäche, Najaden genannt, mit euern Schilf-Kränzen und immer freundlichen Bliken, verlaßt eure kräuselnden Canäle und kommt, Juno befiehlt's, auf diese grüne Flur. Kommt, keusche Nymphen, und helft ein Bündniß treuer Liebe zu feyern; säumt euch nicht!

*(Eine Anzahl Nymphen treten auf.)*

IRIS *(fahrt fort.)*

Ihr von der Sonne verbrennten Schnitter, des Augusts müde, kommt aus euern Furchen, und theilet unsre Lust. Macht Feyertag, sezt eure Strohhüte auf, und jeder gebe einer von diesen frischen Nymphen die Hand zum ländlichen Tanz.

## VIERTE SCENE.

*Eine Anzahl von nettgekleideten Schnittern treten auf, und vereinigen sich mit den Nymphen zu einem anmuthigen Tanz: Gegen das Ende des Tanzes, fährt Prospero plözlich auf, und spricht die folgende Rede, worauf alles mit einem seltsamen holen und verwornen Getöse verschwindet.*

PROSPERO.

Ich hatte diese schändliche Zusammenverschwörung des Viehes Caliban und seiner Gesellen gegen mein Leben völlig aus der Acht gelassen; die Minute die sie zur Ausführung erkießt haben, ist beynahe gekommen -- Gut gemacht; hinweg, nichts mehr!

FERDINAND *(leise zu Miranda.)*

Diß ist seltsam, unser Vater ist in irgend einem Affect, der mit Macht auf ihn würkt.

MIRANDA.

Niemals bis auf diesen Tag sah ich ihn in einem so heftigen Unwillen.

PROSPERO.

Ihr seht bestürzt aus, mein Sohn; seyd gutes Muths, unsre Spiele sind nun zu Ende. Diese unsre Schauspieler, wie ich euch vorhin sagte, sind alle Geister, und zerflossen wieder in Luft, in dünne Luft, und so wie diese wesenlose Luftgesichte, so sollen die mit Wolken bekränzte Thürme, die stattlichen Paläste, die feyrlichen Tempel, und diese grosse Erdkugel selbst, und alles was sie in sich faßt, zerschmelzen, und gleich diesem verschwundnen unwesentlichen Schauspiel nicht die mindeste Spur zurüklassen. Wir sind solcher Zeug, woraus Träume gemacht werden, und unser kleines Leben endet sich in einen Schlaf -- mein Herr, ich bin beunruhigt, habt Geduld mit meiner Schwachheit, mein altes Gehirn ist in Unordnung; laßt euch diesen kleinen Zufall nicht anfechten; geht in meine Celle, wenn's euch beliebt, und ruhet da -- Ein oder zwey Auf- und Abgänge werden mir wieder leichter machen.

FERDINAND. MIRANDA.

Wir wünschen euch Friede.

*(Ferdinand und Miranda gehen ab.)*

PROSPERO *(vor sich.)*

Komm in einem Gedanken -- *(zu Ferdinand und Miranda.)* Ich danke euch -- Ariel, komm.

*(Prospero entfernt sich weiter von der Celle; Ariel zu ihm.)*

ARIEL.

Ich klammre mich an deine Gedanken an; was ist dein Wille?

PROSPERO.

Geist, wir müssen uns rüsten den Caliban zu empfangen.

ARIEL.

Ja, mein Gebieter. Ich dachte, wie ich Ceres vorstellte, dir davon gesagt zu haben; aber ich brach ab, aus Besorgniß dich verdrießlich zu machen.

PROSPERO.

Sag es noch einmal, wo verliessest du diese Schurken?

ARIEL.

Ich sagte euch, mein Herr, daß sie dik besoffen waren, und so voll Dapferkeit, daß sie die Luft schlugen, weil sie sich unterstuhnd ihnen ins Gesicht zu wehen, und den Boden stampften, weil er ihre Füsse küßte, ohne inzwischen ihr Vorhaben aus der Acht zu lassen. Ich schlug hierauf meine Trummel; dieses Getöse machte sie aufmerksam; sie spizten wie unberittne Füllen ihre Ohren, zogen die Auglieder in die Höhe, und strekten ihre Nasen vor sich hin, wie sie Musik rochen; kurz, ich bezauberte ihre Ohren dergestalt, daß sie wie Kälber meinem Brüllen folgten, durch stachlichte Genister, Disteln, und Dornen, die in ihren dünnen Schienbeinen steken blieben; endlich ließ ich sie in dem kothigen mit Unrath bemantelten Sumpf, hinter eurer Celle, wo sie bis ans Knie hineinsanken, daß der faule Morast ihre Füsse überstunk.

PROSPERO.

Das war wol gethan, mein Vogel; behalt immer deine unsichtbare Gestalt. Geh, bringe mir die abgetragnen Kleider in meinem Hause hieher, wir müssen diese Diebe in Versuchung sezen. (*)

ARIEL.

Ich geh, ich geh.

*(Geht ab.)*

PROSPERO *(vor sich.)*

Ein Teufel ist dieser Caliban, ein gebohrner Teufel, an dessen Natur keine Erziehung haftet; an dem alle meine Mühe, Mühe wie man an einen Menschen wendet, verlohren, gänzlich verlohren ist; und wie mit dem Alter sein Leib in eine viehischere Ungestaltheit auswächßt, so wird auch sein Gemüth ungeheurer; ich will sie alle plagen, bis zum Heulen.

(*) Dieser Umstand bezieht sich auf den gemeinen Aberglauben des Pöbels in unsers Autors Zeiten, als ob Zauberer, Hexen und dergl. nicht eher eine Gewalt über diejenige, so sie bezaubern wollen, haben, bis sie den Vortheil über sie erhalten, sie bey irgend einer Sünde zu ertappen, als wie hier über Dieberey. Warbürton.

*(Ariel kömmt mit allerley schimmerndem Geräthe beladen.)*

Komm, hänge sie an dieses Seil.

*

## FÜNFTE SCENE.

*Caliban, Stephano und Trinculo treten alle wohl angefeuchtet und von Morast triefend auf; Prospero und Ariel bleiben unsichtbar zurük.*

CALIBAN.

Ich bitte euch, tretet leise, damit der blinde Maulwurf keinen Fuß fallen hört. Wir sind nimmer weit von seiner Celle.

STEPHANO.

Ungeheuer, euer Kobolt, von dem ihr sagt, er sey ein freundlicher Kobolt, der niemand ein Leid thut, hat nichts viel bessers gethan, als den Narren mit uns gespielt.

TRINCULO.

Ungeheuer, ich rieche lauter Pferd-Pisse, und ich kan dir's sagen, es will meiner Nase gar nicht schmeken.

STEPHANO.

So geht's der meinigen auch; hört ihr's, Ungeheuer! Wenn ich einen Unwillen wider euch fassen sollte --- Sehet zu --

TRINCULO.

Du wärst ein verlohrnes Ungeheuer.

CALIBAN.

Mein lieber gnädiger Herr, laß mich immer in deiner Gunst stehen; gedulde, der Vortheil, zu dem ich dich führe, wird diesem Unfall die Augen ausstechen; redet nur leise, es ist izt alles so still als Mitternacht.

TRINCULO.

Schon gut, aber unsre Flasche im Morast zu verliehren --

STEPHANO.

Es ist nicht nur Unannehmlichkeit und Schmach in diesem Abentheuer, sondern ein unendlicher Verlust, du Ungeheuer.

TRINCULO.

Das ist mir über meine Anfeuchtung, und doch ist das euer freundlicher Kobold, der niemand kein Leid thut, Ungeheuer.

STEPHANO.

Ich will meine Flasche wieder hohlen, und wenn ich für meine Mühe bis über die Ohren hineinplumpen sollte.

CALIBAN.

Ich bitte dich, mein König, sey ruhig; siehst du hier, diß ist der Eingang in die Celle; kein Getöse, schleich hinein, thue diß gute Unheil, das diese Insel auf ewig zu deinem Eigenthum macht; und ich bin dein Caliban, auf ewig dein Fuß-Leker.

STEPHANO.

Gieb mir deine Hand, ich fange an, blutige Gedanken zu haben.

TRINCULO.

O König Stephen, o Pair! o würdiger Stephen! (*) Sieh, was für eine Garderobe hier für dich ist!

CALIBAN.

Laß es gehen, du Narr, es ist nur Trödelwaare.

TRINCULO.

Oh, oh, Ungeheuer, wir verstehen uns auch darauf, was in eine Trödelbude gehört -- o König Stephen --

STEPHANO.

Lange diesen Rok herunter, Trinculo; beym Element, ich will diesen Rok haben.

TRINCULO.

Deine Gnaden sollen ihn haben.

CALIBAN.

Daß du die Wassersucht kriegtest, du Dummkopf! Wie ungescheidt seyd ihr, daß euch ein solcher Plunder in die Augen sticht! Geht weiter und vollbringet vorher den Mord; wenn er aufwacht, wird er uns vom Wirbel bis zum Zehen die Haut zerkneipen lassen; er wird abscheulich mit uns umgehen.

STEPHANO.

Sey ruhig, Ungeheuer! Frau Seil, ist das nicht mein Wamms?

TRINCULO.

Ungeheuer komm, schmier ein bißchen Quark an deine Finger, und weg mit dem ganzen Plunder!

(*) Der Spaß in diesen Zeilen besteht in einer Anspielung auf ein altes bekanntes Gassenlied, welches anfängt: *King Stephen was a worthy Peer,* und die Sparsamkeit dieses Königs in Absicht auf seine Garderobe anpreißt. Es sind zwo Stanzen von diesem Lied im Othello. Warbürton.

CALIBAN.

Ich will nichts davon; wir verderben hier die Zeit, und werden zulezt noch alle in Barnakel (*) oder in Affen, mit verflucht niedern Stirnen verwandelt werden.

STEPHANO.

Ungeheuer, leg Hand an; hilf es wegtragen, an den nehmlichen Ort wo mein Weinfaß ligt, oder ich werde dich aus meinem Königreich jagen; geh, trag das!

TRINCULO.

Und das.

STEPHANO.

Ja, und das.

*(Man hört ein Getöse von Jägern. Verschiedne Geister, in Gestalt von Hunden, lauffen auf die Bühne und jagen sie fort; Prospero und Ariel sezen ihnen nach. Caliban, Stephano und Trinculo werden heulend ausgetrieben.)*

PROSPERO.

Heyda, Sultan hey!

ARIEL.

Waldmann, hier geht's, Waldmann.

PROSPERO.

Furie, Furie; hier, Tyrann, hier; horch! horch! Geh, sage meinen Kobolden, daß sie ihre Gelenke mit Zükungen zermalmen, ihre Sehnen mit Krämpfen zusammenziehen, und sie am ganzen Leibe von Zwiken und Kneipen flekichter machen sollen als ein Panterthier.

(*) Eine Art von Gänsen auf der Insel Baß, an der Schottischen Küste, von denen ehmals die Tradition gieng, daß sie auf den Bäumen wachsen.

ARIEL.

Horch, wie sie heulen.

PROSPERO.

Laß sie weidlich herumgejagt werden. Nunmehr sind alle meine Feinde in meiner Gewalt. In kurzem soll sich all mein Ungemach enden, und du sollst deine Freyheit haben. Nur noch eine kleine Weile folge mir, und thu mir Dienste.

*(Sie gehen ab.)*

*

# *Fünfter Aufzug.*

---

## ERSTE SCENE.

*(Vor der Celle.)*

*Prospero tritt in seiner Magischen Kleidung mit Ariel auf.*

PROSPERO.

Nun ist mein Entwurf zu seiner Zeitigung gelangt; meine Bezauberungen brechen nicht; meine Geister gehorchen, und die Zeit geht aufrecht mit ihrer Ladung davon; wie viel ists am Tage?

ARIEL.

Um die sechste Stunde, mein Gebieter, wann, wie ihr sagtet, unsre Arbeit geendigt seyn sollte.

PROSPERO.

Das sagte ich gleich anfangs, wie ich den Sturm erregte; sage, mein Geist, was macht der König und seine Gefährten?

ARIEL.

Sie sind alle, euerm Befehl gemäß, zusammengebannt, gerade so wie ihr sie verlassen habt, alle eure Gefangne, mein Herr, in dem kleinen Hayne, der eure Celle vor dem Wetter schüzt. Sie können nicht von der Stelle, bis ihr sie loslasset. Der König, sein Bruder und der eurige sind alle drey in einer Art von Betäubung; die übrigen trauern ihrentwegen, bis an den Rand mit Kummer und Bestürzung angefüllt; insonderheit derjenige, den ihr den guten alten Gonsalo nanntet. Seine

Thränen lauffen über seinen Bart herab, wie Winter-Tropfen von einem rohrbedekten Dach. Eure Bezauberungen arbeiten so stark auf sie, daß, wenn ihr sie izt sehen solltet, euer Herz gewiß zu Mitleiden erweicht würde.

PROSPERO.

Denkst du das, Geist?

ARIEL.

Das meinige würd' es gewiß, wenn ich ein Mensch wäre.

PROSPERO.

Und das meinige auch. Hast du, der du nur Luft bist, eine Ahnung, ein Gefühl von ihrem Leiden, und ich, einer von ihrer Gattung, der allen ihren Leidenschaften und Bedürfnissen unterworffen ist, sollte nicht zärtlicher gerührt werden als du? Ob sie mich gleich durch schwere Beleidigungen bis in die Seele verwundet haben, so soll doch mein edleres Selbst über meinen Unwillen siegen; es ist mehr Würde in großmüthiger Vergebung als in Rache; da sie bußfertig sind, so habe ich meine ganze Absicht erreicht; geh, erledige sie, Ariel; ich will meine Bezauberungen brechen, ich will ihre Sinnen wieder herstellen, und sie sollen wieder seyn, was sie gewesen sind.

ARIEL.

Ich will sie herbeyführen, mein Gebieter.

*(Er geht ab.)*

*

# ZWEYTE SCENE.

PROSPERO.

Ihr Elfen der Hügel, der Bäche, stehenden Seen und Hayne, und die auf Sandbänken mit leichtem Fuß den ebbenden Neptun zurükstossen, und ihn fliehen, sobald er wiederkehrt; ihr kleinen Feen, die beym Mondschein im Gras die kleinen sauren Ringe machen, von denen das Schaaf nichts abfrezt; und ihr, deren Zeitvertreib ist, Mitternachts-Schwämme zu machen; die sich freuen den Ruf des feyrlichen Nachtwächters zu hören; durch deren Hülfe (so schwach ihr auch seyd) ich die mittägliche Sonne verfinstert, die widerspenstigen Winde herbeygenöthiget, und zwischen der grünen See und dem azurnen Gewölbe heulenden Krieg erregt habe; dem fürchterlich rasselnden Donner gab ich Feuer, und entwurzelte die Eiche Jupiters mit seinem eignen Keil; ich machte die Grundfeste der Vorgebürge zittern, und raufte die Fichte und die Ceder mit den Wurzeln aus: Gräber thaten auf meinen Befehl ihren Rachen auf, und liessen ihre Schläfer hervor, die meine mächtige Kunst erweket hatte: Aber alle diese rauhe Zauberkunst schwör ich hier ab, und wenn ich vorher eine himmlische Musik befohlen haben werde, wie ich izt thue, (ihre von jenem magischen Donner gelähmten Sinnen wieder herzustellen), so will ich meinen Stab zerbrechen, ihn etliche Klafter tief in die Erde vergraben, und tiefer als jemals ein Senkbley fiel, mein Zauberbuch im Meer versenken.

*(Man hört eine feyrliche Musik.)*

*

## DRITTE SCENE.

*(Ariel geht voran; ihm folget Alonso mit den Gebehrden eines von Schwermuth verrükten Menschen, von Gonsalo geführt, hierauf Sebastiano und Antonio auf gleiche Weise, von Adrian und Francisco geleitet; sie gehen in den Cirkel den Prospero vorher gemacht hat, und bleiben da bezaubert stehen. Indem sie kommen, fangt Prospero an.)*

PROSPERO.

Die Magische Gewalt der Harmonie, der besten Arzney für eine zerrüttete Phantasie, heile dein izt untüchtiges Gehirn -- hier bleibt unbeweglich stehn! -- Rechtschaffner Gonsalo, ehrwürdiger Mann, meine Augen schmelzen, von den deinigen erschüttert, in sympathetische Tropfen. -- Die Bezauberung lößt auf einmal sich auf; und wie der Morgen, die Nacht überraschend, die Finsterniß hinwegschmelzen macht, so fangen ihre aufgehenden Sinnen an, die betäubenden Nebel zu verjagen, die ihre Vernunft umhüllen -- O! mein guter Gonsalo, mein wahrer Erhalter, und ein redlicher Diener dessen dem du folgest; ich will, wenn wir wieder zu Hause sind, deine Wohlthaten beydes mit Worten und Werken bezahlen. -- Du, Alonso, du bist höchst grausam mit mir und meiner Tochter umgegangen; dein Bruder war ein Beförderer der bösen That, und wird izt dafür an Leib und Gemüth gefoltert; Ihr, mein Bruder, der seiner Herrschsucht Natur und Gewissen aufopferte, der mit Sebastian seinen König hier ermorden wollte; ich vergebe dir, so unnatürlich du bist! -- Ihre Denkungskraft fängt an zu schwellen, und die wiederkommende Fluth wird in kurzem das Gestade der Vernunft anfüllen, das izt faul und sumpficht ligt -- Noch ist nicht einer unter ihnen, der mich ansehen darf, oder mich erkennt -- Ariel, hole mir meinen Hut und meinen Degen in der Celle; ich will mich ihnen in derjenigen Gestalt darstellen,

*(Ariel geht ab, und kommt in einem Augenblik wieder zurük.)*

worinn sie mich zu Meiland gekannt haben. Munter, mein Geist; in kurzem sollst du deine Freyheit haben.

ARIEL *singt, indem er ihn ankleiden hilft.*

Wo die Biene saugt, saug' ich;
Im Schooß der Primul lagr' ich mich;
Dort schlaf' ich, wenn die Eule schreyt;
Ich flieg', in steter Munterkeit,
Fern von des Winters Ungemach
Dem angenehmen Sommer nach;
Wie frölich wird künftig mein Aufenthalt seyn
Unter den Blüthen im düftenden Hayn!

PROSPERO.

Gut, das ist mein artiger Ariel; ich werde dich vermissen, aber doch sollst du frey seyn. So, so, so; izt, unsichtbar wie du in deiner eignen Gestalt bist, zu des Königs Schiff; dort wirst du die Schiffleute im Raum schlaffend beysammen finden. Weke sie, und nöthige sie hieher; aber hurtig, ich bitte dich.

ARIEL.

Ich trinke die Luft vor mir, und bin wieder da, eh euch der Puls zweymal schlägt.

*(Er geht ab.)*

GONSALO.

Lauter Schreknisse, Verwirrung, Wunder und Erstaunen wohnen hier; möge uns irgend eine himmlische Macht wieder aus diesem fürchterlichen Lande führen!

PROSPERO.

Siehe hier, o König, den ungerechter Weise gekränkten Herzog von Meiland, Prospero: Dich desto besser zu versichern, daß ein lebender Fürst izt mit dir spricht, umarme ich dich, und heisse dich und deine Gesellschaft von Herzen willkommen.

ALONSO.

Ob du Prospero bist, oder irgend ein bezaubertes Phantom, (wie ich kürzlich selbst war,) das meine Augen täuschet, weiß ich nicht; dein Puls schlägt, wie eines würklichen Menschen, und seit ich dich sehe, nimmt die Bangigkeit des Gemüths ab, worinn mich, wie ich fürchte, eine Beraubung der Vernunft sezte; wenn diese Dinge anders würklich sind, so muß die Geschichte davon höchst seltsam seyn -- Ich gebe dir dein Herzogthum zurük, und bitte dich, mir zu verzeihen. Aber wie ist es möglich, daß Prospero leben und hier seyn soll?

PROSPERO *(zu Gonsalo.)*

Zuerst, mein alter edler Freund, laß dich umarmen; du, dessen Redlichkeit so unschäzbar als ohne Grenzen ist.

GONSALO.

Ob das würklich ist, oder nicht, wollt' ich nicht beschwören.

PROSPERO.

Ihr seyd noch so sehr von einigen Seltsamkeiten dieser Insel betroffen, daß ihr nicht glauben könnet, was gewiß ist. Willkommen, meine Freunde, alle willkommen! Aber ihr, mein feines Paar Herren, wenn ich Lust hätte, so sollte mir's nicht schwer fallen, euch den Unwillen seiner Majestät zu zu ziehen, und zu beweisen, daß ihr Verräther seyd; allein ich will izt keine Geschichten erzählen.

SEBASTIAN.

Der Teufel spricht aus ihm.

PROSPERO.

Nein -- Was euch betrift, höchst boshafter Herr, welchen *Bruder* zu nennen meinen Mund schon vergiften würde, ich vergebe dir deine ungeheursten Vergehungen alle zusammen; aber ich fordre mein Herzogthum von dir zurük, welches du, wenn du gleich wolltest, mir länger vorzuenthalten, nicht vermögend bist.

ALONSO.

Wenn du Prospero bist, so berichte uns, wie du erhalten worden, und auf welche Weise wir hier mit dir zusammen kommen, nachdem wir vor drey Stunden an diesem Ufer einen Schiffbruch erlidten haben, der mich, (o schmerzliches Angedenken!) meinen Sohn, meinen theuren Sohn Ferdinand gekostet hat.

PROSPERO.

Ich bedaure es, Sire.

ALONSO.

Der Verlust ist unersezlich, und die Geduld selbst gesteht, daß sie ihn nicht heilen kan.

PROSPERO.

Ich glaube vielmehr, ihr habt ihre Hülfe nicht gesucht; denn durch ihren milden und allesvermögenden Beystand, hab ich einen gleichen Verlust mit Gelassenheit ertragen gelernt.

ALONSO.

Ihr einen gleichen Verlust?

PROSPERO.

Zum mindsten, der für mich eben so wichtig ist, und ihn erträglich zu machen, hab' ich weit schwächere Mittel als ihr zu euerm Trost ruffen könnt; denn ich habe meine Tochter verlohren.

ALONSO.

Eine Tochter? O Himmel, möchten sie beyde in Neapel leben, König und Königin daselbst zu seyn. Damit sie es seyn möchten, wie gern wünscht' ich selbst in dem nassen Bette versunken zu seyn, wo mein Sohn ligt. Wenn verlohrt ihr eure Tochter?

PROSPERO.

In diesem lezten Sturm -- Ich merke, daß diese Herren, über unsre unvermuthete Zusammenkunft so erstaunt sind, daß sie ihren Sinnen nicht trauen dürfen, und mit Mühe glauben, daß ihre Augen ihnen die Wahrheit zeigen, und ihre Worte natürlicher Athem seyen. Allein, so mißträuisch euch die kürzlich erlidtene Beunruhigung eurer Sinne gemacht hat, so wisset doch für gewiß, daß ich Prospero bin; eben dieser Herzog, der von Meiland ausgetrieben wurde, und auf eine wunderbare Weise an diesem Eilande, wo ihr gestrandet seyd, anländete, um der Herr davon zu seyn. Nichts mehr hievon, denn es ist eine Chronik von Tag zu Tag, und nicht eine Erzählung bey einem Frühstük, noch für diese erste Zusammenkunft geschikt. Willkommen, Sire; diese Celle ist mein Hof; ich habe hier wenige Hausgenossen, und ausser demselben keine Unterthanen. Ich bitte euch, schaut hinein; da ihr mir mein Herzogthum wieder gegeben habt, so will ich euch etwas eben so gutes dagegen geben, oder doch wenigstens ein Wunder vor eure Augen bringen, das euch so sehr erfreuen wird, als mich mein Herzogthum.

*

## VIERTE SCENE.

*(Die Thüre der Celle öffnet sich, und entdekt Ferdinand und Miranda, die mit einander Schach spielen.)*

MIRANDA.

Mein liebster Herr, ihr spielt mir einen Streich.

FERDINAND.

Nein, meine Allerliebste, das wollt ich für die ganze Welt nicht thun.

MIRANDA.

Wenn es Königreiche gälte, ihr würdet gewiß schicaniren, und ich würd' es euch nicht übel nehmen.

ALONSO.

Wenn das nur eine von den Erscheinungen dieser Insel ist, so werd' ich einen theuren Sohn zweymal verliehren.

SEBASTIAN.

Ein erstaunliches Wunder!

FERDINAND.

Wenn die Wellen schon drohen, so sind sie doch mitleidig; ich habe ihnen ohne Ursache geflucht.

*(Ferdinand kniet vor seinem Vater.)*

ALONSO.

O! alle Segnungen eines erfreuten Vaters ergiessen sich über dich! Steh auf, und sage wie du hieher gekommen bist?

MIRANDA.

O Wunder! Wie viele feine Geschöpfe sind hier beysammen! Wie schön ist das menschliche Geschlecht! O brave neue Welt, die solche Einwohner hat!

PROSPERO.

Das ist etwas neues für dich.

ALONSO.

Wer ist diß Mädchen, mit dem du spieltest? Eure längste Bekanntschaft kan nicht drey Stunden seyn: Ist es die Göttin die uns getrennet, und wieder zusammengebracht hat?

FERDINAND.

Sire, sie ist eine Sterbliche, aber durch unsterbliche Vorsicht, ist sie mein. Ich wählte sie, da ich meinen Vater nicht zu Rathe ziehen konnte, da ich nicht einmal denken durfte, einen Vater zu haben. Sie ist die Tochter dieses berühmten Herzogs von Meiland, von dem ich so vieles erzählen hörte, eh ich ihn sah; von dem ich ein zweytes Leben empfangen habe, und den diese junge Dame zu meinem zweyten Vater macht.

ALONSO.

Ich bin der ihrige; aber, oh wie wunderlich wird es klingen, daß ich mein Kind um Verzeihung bitten muß!

PROSPERO.

Haltet ein, Sire; laßt uns unser Gedächtniß nicht mit unangenehmen Dingen beschweren, die vorüber sind.

GONSALO.

Das Uebermaaß der zärtlichsten Freude ließ mich nicht zu Worten kommen. Schauet herab, ihr Götter, und lasset eine segensvolle Krone auf dieses Paar herunter steigen; denn ihr seyd es, die den Weg vorgezeichnet, der uns hieher gebracht hat.

ALONSO.

Ich sage: Amen, Gonsalo!

GONSALO.

Mußte Prospero von Meiland vertrieben werden, damit seine Nachkommen Könige von Neapel werden möchten! O freuet euch über alle gewöhnliche Freuden, und grabt es in Gold auf ewig daurende Pfeiler! In Einer Reise fand Claribella einen Gemahl zu Tunis, und Ferdinand, ihr Bruder, eine Braut, da wo er selbst verlohren war; Prospero sein Herzogthum in einer armen Insel, und wir alle uns selbst, zu einer Zeit, da niemand sein eigen war.

ALONSO *(zu Miranda und Ferdinand.)*

Gebt mir eure Hände. *(Er legt ihre Hände in einander.)* Gram und Kummer umschling' auf ewig dessen Herz, der euch nicht Freude wünschet!

GONSALO.

So sey es, Amen!

*

## FÜNFTE SCENE.

*Ariel mit dem Schiffspatron und dem Hochbootsmann, die ihm ganz erstaunt und erschroken folgen, zu den Vorigen.*

GONSALO.

O sehet, Sire, sehet, hier sind noch mehr von unsrer Gesellschaft. Prophezeyte ich nicht, wenn noch ein Galgen auf dem Lande wäre, so könnte dieser Bursche nicht ersauffen? Nun, wie? du, der die Gnade selbst über Bord zu fluchen pflegte, hast du keinen Schwur auf dem festen Lande übrig? Hast du kein Maul zu Lande? Was giebt es neues?

HOCHBOOTSMANN.

Das beste Neue ist, daß wir unsern König und unsre Gesellschaft gesund wieder antreffen; das nächste an diesem, daß unser Schiff, welches wir erst vor drey Stunden dem Sturm preiß gaben, so ganz, so neu und so wohl getakelt ist, als da wir es zuerst in die See stiessen.

ARIEL.

Mein Gebieter, alles das hab ich gethan, seit ich euch verließ.

PROSPERO.

Mein artiger Taschenspieler!

ALONSO.

Das sind keine natürliche Begebenheiten; immer eine wunderbarer als die andre! Sage, wie kamst du hieher?

BOOTSMANN.

Gnädigster Herr, wenn ich dächte, daß ich gewiß wach wäre, so wollt ich versuchen, ob ichs euch erzählen könnte. Wir waren alle in dichtem Schlaf, und, ich weiß selbst nicht wie, alle in den Raum des Schiffs zusammengepakt, wo wir nur eben von einem seltsamen und manchfaltigen Getöse von Brüllen, Schreyen, Heulen, Rasseln mit Ketten, und andern entsezlichen Tönen aufgewekt wurden; auf einmal hörte alles auf, wir sahen unser schönes, königliches Schiff mit seinem ganzen Zugehör, in bestem Zustand; und indem unser Patron von einer Seite zur andern sprang, um es in Augenschein zu nehmen, so wurden wir, mit eurer Erlaubniß, in einem huy, wie in einem Traum, von unsern Cameraden geschieden, und schlaftrunken hieher gebracht.

ARIEL *(zu Prospero.)*

War es wohl gethan?

PROSPERO.

Recht wohl, mein fleißiger Ariel, du sollst frey sein.

ALONSO.

Das ist ein so seltsamer Irrgarten, als je ein Mensch betreten hat, und es ist mehr als die Natur zuthun vermag, in diesem Geschäfte; ohne ein Orakel ist es unmöglich, etwas davon zu begreiffen.

PROSPERO.

Mein gebietender Herr, beunruhigt euch nicht, das Wunderbare in diesen Dingen zu ergründen; in kurzem will ich euch bey beßrer Musse alles Stük vor Stük auflösen, was euch izt unbegreiflich ist: bis dahin seyd frohen Muthes, und denkt von allem das beste. *(Zu Ariel leise.)* Hieher, Geist; seze Caliban und seine Gesellschaft in Freyheit; löse die Bezauberung auf -- Wie befindet ihr euch, mein Gnädigster Herr? Es mangeln noch ein Paar alte närrische Kerls von euerm Gefolge, die ihr vergessen habt.

*

## SECHSTE SCENE.

*Ariel treibt Caliban, Stephano und Trinculo in ihren gestohlnen Kleidern vor sich her.*

STEPHANO.

Jedermann sorge nur für andre Leute, und niemand bekümmre sich um sich selbst; denn es ist alles nur Zufall und blindes Glük; Courasche, du dikwanstiges Ungeheuer, Courasche!

TRINCULO.

Wenn die Spionen, die ich in meinen Augen habe, die Wahrheit sagen, so ist das ein hübscher Anblik.

CALIBAN.

O Setebos, das sind brave Geister, in der That! Wie fein mein Meister ist! Aber ich fürchte, er wird mich züchtigen.

SEBASTIAN.

Ha, ha; was für Dinge sind das, Antonio? Kan man die um Geld haben?

ANTONIO.

Ich denk' es; einer davon ist ein Fisch wie sich's gehört, und vermuthlich feil.

PROSPERO.

Beobachtet nur die Physionomie dieser Bursche, meine Herren, und sagt dann, ob sie nicht die Wahrheit redt? Dieses mißgeschaffnen Schurken seine Mutter war eine Hexe, und eine so mächtige, daß sie den Mond beherrschen, Ebbe und Fluth erregen, und ihre Befehle über die Grenzen ihrer Macht ausdehnen konnte. Diese drey haben mich beraubt; und dieser Halb-Teufel, (denn er ist ein Bastard von einem Teufel,) machte mit ihnen einen Anschlag wider mein Leben; zween von diesen Gesellen werdet ihr für die eurige erkennen; was dieses Geschöpf der Finsterniß betrift, so muß ich bekennen, daß es mir zugehört.

CALIBAN.

Ich werde zu Tode gezwikt werden.

ALONSO.

Ist das nicht Stephano, mein besoffner Kellermeister?

SEBASTIAN.

Er ist würklich besoffen; woher kriegte er Wein?

ALONSO.

Und Trinculo ist so voll daß er wakelt; wo können sie dieses grosse Elixir gefunden haben, das sie übergüldet (*) hat? Wie kamst du in diesen Pökel?

TRINCULO.

Sire, ich bin immer in diesem Pökel gelegen, seitdem ich euch das leztemal sah, ich sorge, ich werd ihn nimmer wieder aus dem Leibe kriegen; ich darf nicht fürchten, daß mich die Fliegen beschmeissen.

---

(*) Eine Anspielung auf das *Elixirium magnum,* oder trinkbare Gold der Alchymisten. Warbürton.

SEBASTIAN.

Wie geht's, Stephano?

STEPHANO.

Rührt mich nicht an, ich bin nicht mehr Stephano, ich bin lauter Wunde. (*)

PROSPERO.

Und doch wolltest du König über diese Insel seyn, Schurke.

STEPHANO.

So würde ich ein siecher König gewesen seyn.

ALONSO *(auf Caliban deutend.)*

Das ist ein so seltsames Ding als ich je eines gesehen habe.

---

(*) Bey Durchlesung dieses Stüks muthmaßte ich immer, daß Shakespear es von einem Italiänischen Scribenten entlehnt haben möchte, da die Einheiten alle so regelmässig darinn beobachtet sind, welches ausser den Italiänern, damals keine andre dramatische Poeten thaten, und welches unser Autor nirgends als in diesem Stük gethan hat, nichts zu gedenken, daß die Personen dieses Stüks alle Italiäner sind. Ich wurde in dieser Vermuthung noch mehr bestärkt, wie ich auf diese Stelle kam. Ein Spaß soll darinn ligen, das ist klar; aber wo er ligt, ist schwer zu sagen. Ich vermuthe, es war ein Wortspiel im Original, das sich nicht übersezen ließ; vielleicht hieß es, ich bin nicht *Stephano*, sondern *Staffilato*, indem dieses Wort im Italiänischen einen bedeutet, der wol zerkrazt und zerstochen ist, welches würklich der Fall war, worinn sich diese Bursche im 4ten Aufzug befanden. -- In *Riccoboni's* Verzeichniß Italiänischer Schauspiele, befinden sich auch: *Il Negromante di L. Ariosto, prosa e verso*, und *Il Negromante Palliato di Gio-Angelo Petrucci, prosa*. Ob aber der Sturm aus einem von diesen beyden entlehnt seyn mag, kan ich nicht sagen, da ich sie nicht gesehen habe. Warbürton.
Der Uebersezer würde erfreut seyn, wenn er seinen Lesern über diesen Punct aus dem Wunder helfen könnte; da er aber hiezu keine Gelegenheit gehabt, so ist alles was er sagen kan, daß wenn auch

PROSPERO.

Er ist so ungestalt in seinen Sitten als in seiner Bildung. Geh, Schurke, in meine Celle, nimm deine Cameraden mit dir, und räume alles hübsch auf, so lieb dir deine Begnadigung ist.

CALIBAN.

Ja, das will ich; und ich will künftig gescheidter seyn, und mich um eure Gnade bemühen. Was für ein dreyfach gedoppelter Esel war ich, diesen besoffnen Kerl für einen Gott zu halten, und diesem dummköpfigten Narren Ehre zu erweisen?

PROSPERO.

Geh deines Weges.

ALONSO.

Fort, und thut euern Trödel wieder hin, wo ihr ihn gefunden habt.

PROSPERO.

Sire, ich lade Euer Majestät und euer Gefolg in meine arme Celle ein, um darinn diese einzige Nacht zuzubringen, wovon ich euch einen Theil mit Gesprächen vertreiben will, deren Inhalt euch, wie ich hoffe, keine lange Weile lassen wird; mit der Geschichte meines Lebens, und den besondern Umständen, die sich, seitdem ich in diese Insel kam, zugetragen haben. Morgen will ich euch alsdann auf euer Schiff bringen, und so nach Neapel, wo ich Hoffnung habe, die Vermählung dieser unsrer geliebten Kinder feyrlich begangen

Shakespear die Idee und die Anlage dieses Stüks aus einem Italiänischen genommen hätte, es schwerlich auf eine andre Art geschehen sey, als wie man vom Milton sagen kan, daß er das verlohrne Paradies aus einer Italiänischen Comödie von Erschaffung der Welt entlehnt habe.

zu sehen, und dann nach Meiland zurük zu kehren, wo jeder dritter Gedanke mein Grab seyn soll.

ALONSO.

Mich verlangt mit Ungeduld die Geschichte euers Lebens zu hören, welche nicht anders als voll ausserordentlicher Sachen seyn kan.

PROSPERO.

Ich will euch alles entdeken, und verspreche euch eine ruhige See, glükliche Winde, und so schnelle Seegel, daß wir eure Flotte bald eingeholt haben wollen -- mein Ariel, das ist deine lezte Arbeit; dann kehr' auf immer frey in dein Element zurük, und lebe wohl -- Folget mir, wenn es euch gefällt.

*(Alle gehen ab.)*

*

# EDITORISCHER ANHANG.

# VORBEMERKUNG

Der Text dieser Ausgabe folgt in Orthographie und Zeichensetzung dem Erstdruck in *Shakespear Theatralische Werke. Aus dem Englischen übersezt von Herrn Wieland. 2. Band. Zürich, bey Orell Geßner, und Comp. 1763.*

Für die Einzelanmerkungen zu unserer Neuausgabe wurden in der Hauptsache die im nachfolgenden Literaturverzeichnis enthaltenen Werke herangezogen. Die dabei aufgeführten *Works of Shakespear* in der Ausgabe von Pope und Warburton 1747 sowie das *Dictionnaire Royal* von Abel Boyer dienten Wieland nach seinen eigenen Angaben als Grundlagen seiner Übertragung. Darüber hinaus hat er mit Sicherheit auch Johnsons *Dictionary* benützt.

Warburtons zahlreiche Fußnoten – von Pope stammen nur wenige – hat Wieland zu einem kleinen Teil übernommen, entweder in wörtlicher Übersetzung oder in einer kurzen Zusammenfassung des ihm wesentlich Erscheinenden. Gelegentlich hat er auch eigene Bemerkungen hinzugefügt. Wenn bei einer Fußnote nicht sowieso schon aus dem Wortlaut hervorgeht, wer ihr Verfasser ist, so wird er in unseren *Notizen zum Text* genannt.

Die Prinzipien, durch welche sich die Herausgeber bei der Textgestaltung und bei den *Notizen zum Text* leiten ließen, sind in Band 1 in dem Abschnitt *Zur Neuausgabe von Wielands Shakespeare* näher erläutert.

Die englischen Shakespeare-Zitate in den *Notizen* und die Verweisungen auf den englischen Text richten sich in Wortlaut und Zählung nach *The Arden Shakespeare.* Gelegentlich abweichende Lesarten Pope-Warburtons sind zusätzlich angegeben, wenn sie für Wielands Übertragung von Bedeutung waren.

Wielands Szeneneinteilung entspricht nicht der heute üblichen, sondern folgt der von Pope-Warburton.

# LITERATURVERZEICHNIS


AA = *Wielands Gesammelte Schriften*. Hrsg. von der Deutschen Kommission der Königlich Preußischen Akademie der Wissenschaften. II. Abteilung: *Übersetzungen*. Bd. 1-3: *Shakespeares theatralische Werke*. Hrsg. von Ernst Stadler. Berlin 1909-1911. (In Bd. 1: *Der Sturm*, dazu Lesarten und Erläuterungen in Bd. 3.) – Reprint Hildesheim 1987.

Adelung, Johann Christoph: *Versuch eines vollständigen grammatisch-kritischen Wörterbuches der Hochdeutschen Mundart, mit beständiger Vergleichung der übrigen Mundarten, besonders aber der oberdeutschen*. 5 Tle. Leipzig 1774-1786.

Arden = William Shakespeare: *The Tempest*. Edited by Frank Kermode. London and New York 1984. (The Arden Edition of the Works of William Shakespeare. University Paperback 284.)

Bailey/Arnold = *A compleat Englisch Dictionary, oder vollständiges Englisch-Deutsches Wörterbuch ... Anfangs von Nathan Bailey ... herausgegeben, bey dieser dritten Auflage aber um noch mehr als die Hälfte vermehret von Theodor Arnold*. Leipzig und Züllichau 1761.

Boyer, Abel: *Dictionnaire Royal, francois-anglois et anglois-francois. Nouvelle edition*. 2 Bde. London 1756. (Bd. 2: Englisch-französisch, z. T. mit zusätzlichen englischen Umschreibungen.)
Dazu, weitgehend textgleich: *The Royal Dictionary abridged. In two Parts ... The seventh Edition ... By Mr. A. Boyer*. London 1747.

Campe, Joachim Heinrich: *Wörterbuch zur Erklärung und Verdeutschung der unserer Sprache aufgedrungenen fremden Ausdrücke. Zweite, verbesserte, und mit einem dritten Band vermehrte Auflage*. 3 Bde. Grätz 1808/09.

*Deutsches Wörterbuch von Jacob und Wilhelm Grimm*. 33 Bde. Leipzig 1845-1971. Reprint München 1984.

Eschenburg/Eckert = *Willhelm Shakespears Schauspiele. Von Joh. Joach. Eschenburg. Neue verbesserte Auflage*. 22 Bde. Straßburg (6. Bd.:

Mannheim und Straßburg; 9., 11., 13., 15.-22. Bd.: Mannheim) 1778-1783. (In Bd. 1: *Der Sturm.*) – Dieser sogenannte Mannheimer Shakespeare ist ein unberechtigter, jedoch durch den Mannheimer Professor Gabriel Eckert vielfach verbesserter Nachdruck der in 13 Bänden in Zürich 1775-1782 erschienenen Übersetzung Eschenburgs.

Fischer, Hermann: *Schwäbisches Wörterbuch.* 6 Bde. Tübingen 1904-1936.

Fischer, Hermann und Taigel, Hermann: *Schwäbisches Handwörterbuch.* Tübingen 1986.

Itkonen, Kyösti: *Die Shakespeare-Übersetzung Wielands (1762-1766). Ein Beitrag zur Erforschung englisch-deutscher Lehnbeziehungen.* Jyväskylä 1971. (Studia Philologica Jyväskyläensia VII.)

Johnson, Samuel: *A Dictionary of the English Language* ... 2 Bde. London 1755.
Und: *A Dictionary of the English Language ... Abstracted from the Folio Edition, By the Author ... The sixth Edition, corrected by the Author.* 2 Bde. London 1778.

Onions, Charles Talbut: *A Shakespeare Glossary. Enlarged and revised throughout by Robert D. Eagleson.* Oxford 1986.

Radspieler, Hans: Christoph Martin Wieland (1733-1813). Leben und Wirken in Oberschwaben. Ausstellung der Stadtbibliothek Ulm ... und der Stadtbücherei Biberach ... 1983. Weißenhorn 1983. (Veröffentlichungen der Stadtbibliothek Ulm, Bd. 3.)

Reclam = William Shakespeare: *The Tempest/Der Sturm.* Englisch/deutsch. Übersetzt und hrsg. von Gerd Stratmann. Stuttgart 1982 (Universal-Bibliothek Nr. 7903).

Schmeller, Johann Andreas: *Bayerisches Wörterbuch. 4. Neudruck der von G. Karl Frommann bearbeiteten 2. Ausgabe München 1872-77.* 2 Bde. München, Wien bzw. Aalen 1983.

Stadler, Ernst: *Wielands Shakespeare.* Straßburg 1910. (Quellen und Forschungen zur Sprach- und Culturgeschichte der germanischen Völker, 107.)

Starnes, Thomas C.: Christoph Martin Wieland. Leben und Werk. Aus zeitgenössischen Quellen chronologisch dargestellt. 3 Bde. Sigmaringen 1987.

Warburton = *The Works of Shakespear. The Genuine Text (collated with all the former Editions, and then corrected and emended) . . . By Mr. [Alexander] Pope and Mr. [William] Warburton.* 8 Bde. 1747. – Von dem Werk erschienen in London und in Dublin zwei separat gesetzte und gedruckte Ausgaben. (In Bd. 1: *The Tempest*; in Bd. 8: *Index of the Characters, Sentiments, Similies, Speeches and Descriptions in Shakespeare* bzw. *A Glossary, explaining the obsolete and difficult Words.*)

Die Literatur zum Thema Wieland und Shakespeare verzeichnen bis etwa 1981 die *Wieland-Bibliographie* von Gottfried Günther und Heidi Zeilinger, Berlin und Weimar 1983, und daran anschließend die *Wieland-Studien*, Band 1, hrsg. vom Wieland-Archiv Biberach und von Hans Radspieler, Sigmaringen 1991. – Hingewiesen sei weiter auf Klaus Reichert: *Im Hinblick auf eine Geschichte des Übersetzens*, in: *Sprache im technischen Zeitalter*, Jg. 1981, S. 196-206.

Zu Fragen über Shakespeare und sein Werk sowie über die Probleme der Shakespeare-Philologie gibt umfassend Auskunft: *Shakespeare-Handbuch. Die Zeit – Der Mensch – Das Werk – Die Nachwelt.* Unter Mitarbeit zahlreicher Fachwissenschaftler hrsg. von Ina Schabert. Mit einem Geleitwort von Wolfgang Clemen. 3. Aufl. Stuttgart 1992.

# NOTIZEN ZUM TEXT

(In Kursiv erscheinen im folgenden alle Zitate aus Wielands Text, aus dem englischen Original und aus der jeweils genannten Literatur, ebenso die Titel der angeführten Veröffentlichungen.)

Titel: Als Wieland 1761 das Stück, offensichtlich bereichert durch Teile aus *A Midsummer Night's Dream*, mit der Biberacher Comödiengesellschaft aufführte, trug es den Titel *Der erstaunliche Schiffbruch* (siehe Radspieler, S. 98f. sowie Starnes I, S. 198 und II, S. 762.

Seite, Zeile

5,13 *Caliban: Auch der Name dieser Shakespeareschen Gestalt wurde durch Wielands Übersetzung bekannt und wird dann als Gattungsbezeichnung für einen ›verrohten Menschen‹ . . . gebraucht* (Itkonen).

5,18 *Ariel: Durch die Wielandsche Übersetzung wurde der Name dieser Shakespeareschen Gestalt in Deutschland bekannt und kommt schon im 18. Jh. in der allgemeineren Bedeutung von ›Luftgeist‹ vor* (Itkonen).

7,7 *Hochbootsmann: Boatswain* (I, 1, 1). – Dieser und die nachfolgend verwendeten Fachausdrücke (siehe auch 21,1f.) deuten daraufhin, daß Wieland außer Boyer noch weitere Lexika benützt hat. Sie sind weder dem englisch-französischen Wörterbuch von Boyer noch dem Kontext zu entnehmen, z. T. jedoch in Bailey/Arnold enthalten.

7,18 *Bramsegel: topsail* (I, 1, 6).

8,30-9,1 *er hat eine vollkommene Galgen-Physionomie: his complexion is perfect gallows* (I, 1, 29f.). – Das Wort ›Galgenphysiognomie‹, eine sogenannte Lehnbildung, ist seit Wieland in der Bedeutung ›Verbrechergesicht, Diebsgesicht‹ und ähnlich in die deutsche Sprache übergegangen und kommt bis in die Gegenwart häufig vor (Itkonen).

9,9 *Bramsteng: topmast* (I, 1, 34).

9,10 *Schönfahrsegel: main-course* (I, 1, 35). – Siehe auch die Notiz zu 7,7.

9,27 *ich steh ihm fürs Ersauffen: I'll warrant him for* (Warburton: *from*) *drowning* (I, 1, 46). – *For* (bzw. *from*) hat hier die Bedeutung *against* oder *for what concerns* (Arden-Erläuterung). Der Sinn ist also ›Ich gebe ihm eine Garantie gegen das Ersaufen‹ oder ›ich stehe ihm dafür, daß er nicht ertrinkt‹. AA bezeichnet Wielands Text als Fehlübersetzung, doch ist eher anzunehmen, daß das *nicht* im Manuskript oder beim Satz nur versehentlich ausfiel. Der Widerspruch zum nachfolgenden Gedanken (und auch zu der Stelle 111,6-8) wäre Wieland nicht entgangen.

10,13 *weitgespaltene: wide-chapp'd* (I, 1, 56), d. h. mit weit offenem Mund, ›großmäulig‹.

10,13-15 *Ich wollt' . . . daß ihn zehn Fluthen nicht heraus spülen könnten: would thou mightst lie drowning The washing of ten tides* (I, 1, 56f.). – Eigentlich *würdest zehnmal von der Flut durchweicht* (Reclam); Anspielung auf den Brauch, Piraten hinzurichten, *which was that they should be hanged on the shore at low water mark and remain there until three tides had flowed and ebbed* (Arden-Erläuterung).

11,3-4 *Genister:* Im 18. Jh. die Hauptform von ›Ginster‹.

12,17 *Lehne mir:* Soviel wie ›Leihe mir‹.

15,16 *nun: now* (I, 2, 85). – Im Original der schon von AA verbesserte Druckfehler *nur*.

17,21 *geheime Nachempfindung: a hint* (I, 2, 134). – *Hint* ist bei Boyer mit *imitation, notion* umschrieben, die eigentliche Bedeutung bei Shakespeare ist *occasion, opportunity* (Onions).

19,4 *reichen Kleidern, leinen Geräthe . . .: Rich garments, linens, stuffs and necessaries* (I, 2, 164). – *leinen Geräthe* bedeutet zwar soviel wie *weißleinene Wäsche* (AA), ein Vergleich mit der englischen Vorlage läßt jedoch an einen Druckfehler statt *Leinen, Geräthe* denken.

19,13 *Nun komm ich zur Hauptsache: Now I arise* (I, 2, 169). – Der englische Text hat verschiedene Deutungen gefunden (z. B. Reclam: *Ich werde mich nun erheben*). Wieland folgt Warburtons Erläuterung und wählt die auch heute noch als möglich bezeichnete *he has reached the climax of his narration* (Arden-Erläuterung).

20,25 *in abgesonderten Klumpen: distinctly* (I, 2, 200). – Wieland verdeutlicht dem Binnenländer die Erscheinung des Elmslichtes.

21,1f. *Bramsteng . . . Segelstangen . . . Bögs-Priet-Mast: topmast . . . yards . . . boresprit* (I, 2, 199f., letzteres bei Warburton *boltsprit*). – Siehe auch die Notiz zu 7,7.

25,2 *Klamme:* Im Schwäbischen soviel wie ›Spalte‹.

26,9 *Meernymphe: nymph o' th' sea* (I, 2, 301). – Das Wort ist eine Neuschöpfung Wielands, die rasch Verbreitung im Deutschen u. a. bei Goethe fand (Itkonen). Zusammensetzungen mit *Nymphe*, ironisch gebraucht, finden sich später zahlreich in Wielands Werken, z. B. *Dorfnymphe, Grasnymphe, Gassennymphe, Wäschenymphe* u. a.

27,23f. *Schwülen und Finnen: And blister you all o'er* (I, 2, 326). – Gemeint sind ›Schwielen und Blatternnarben‹.

29,5 *Prospero:* Als Sprecher wird hier (I, 2, 353) gewöhnlich Miranda angenommen, Warburton schreibt die Stelle Prospero zu und rechtfertigt die Entscheidung in einer Fußnote.

29,20 *zumachen:* – Die Zusammenziehung von *zu* mit dem Verbum ist nicht, wie AA annimmt, ein Druckfehler, sondern eine öfter anzutreffende Eigenheit Wielands. Vgl. auch 91,4 und 112,20.

34,21 *Bachbungen: fresh-brook mussels* (I, 2, 466). – Bei Boyer und Johnson sind weder *fresh-brook mussels* (Reclam: *Süßwassermuscheln*) noch *mussels* verzeichnet. *Bachbunge* ist eine andere Bezeichnung für Bachehrenpreis (Veronica beccabunga).

35,2f. *Zieh dein Schwerdt: Put thy sword up* (I, 2, 472), also *Steck dein Schwert weg* (Reclam). Da Boyer den Ausdruck *to put up one's sword* richtig mit *Remettre son épée dans le fourreau, rengainer* erklärt, ist möglicherweise keine Fehlübersetzung (so AA) anzunehmen, sondern eine bewußte Umgestaltung im Hinblick auf das Folgende: Ferdinand wird aufgefordert, endlich sein Schwert zu ziehen, da er zwar den Mutigen spiele, aber keinen Streich zu führen wage. Dazu würde jedoch die Regieanweisung kurz vorher weniger passen.

35,4 *darfst:* Soviel wie ›wagst, getraust dich‹.

35,25 *schönern:* Im Original steht *schönen*, was mit AA als Druckfehler aufzufassen ist (I, 2, 486: *goodlier*).

37 Fußnote: Die eingeklammerte Passage entspricht II, 1, 10-101.

39,17 *darbey:* ältere Schreibweise für ›dabei‹.

42,24f. *Harfe Amphions: miraculous harp* (II, 1, 83). – Der Name ist von Wieland zusätzlich erklärend eingesetzt. Nach der antiken Mythologie fügten sich die Mauern der Stadt Theben durch die Kraft von Amphions Harfenspiel von selbst zusammen.

43,9 Anstelle der Frage Alonsos steht im englischen Original (II, 1, 90f.): *Gonsales: Ay.*
*Antonio: Why, in good time.*

43,30 *Basis:* Im Original der schon in AA verbesserte Druckfehler *Basin.*

44,15 *Neigung: loathness* (Warburton: *lothness*) (II, 1, 126). – Wahrscheinlich Druckfehler statt *Abneigung.* Boyer verzeichnet, allerdings unter *loath-somness,* die Bedeutung *Qualité dégoûtante.*

45,14 *Pappel-Kraut: mallows* (II, 1, 140). – Eine der vielen Bezeichnungen für die Malve, die im Schwäbischen heute noch mit ›Pappel‹ oder ›Pappele‹ bezeichnete wird.

45,28 *Marchen:* Soviel wie ›Marken, Grenzen‹.

46,14 *Instrument: engine* (II, 1, 157). – Gemeint ist eine Kriegsmaschine (Reclam: *Kriegswerkzeug*).

48,2 *Vogel-Heerd: bat-fowling* (II, 1, 180). – Es handelt sich hier nicht um eine Fehlübersetzung statt *Fledermausjagd,* wie AA meint. Der englische Ausdruck bezeichnet eine besondere Art der Vogeljagd, nämlich *Catching of birds at night by dazing them with lights and knocking them down with poles or netting them* (Onions). *Bat* ist der Stock oder Knüppel, mit dem die Vögel niedergeschlagen wurden. ›Vogelherd‹ ist der für die Vogeljagd hergerichtete Platz.

52,6 *wie? soll: How shall* (II, 1, 253). – AA sieht hier einen Druckfehler und schreibt gemäß dem Englischen *wie soll,* doch ist auch an eine bewußte Sinnänderung durch Wieland zu denken.

54,24 *Weil:* Soviel wie ›Während‹.

56,21 *Ottern: adders* (II, 2, 13). – Soviel wie Schlangen, und zwar von der *kleinen, sehr giftigen* Art, auch *Vipern* genannt (Adelung).

56,21 *wund gebissen: all wound with adders* (II, 2, 13), also eigentlich ›umwunden‹. AA vermutet eine Verwechslung mit ›wounded‹.

57 Fußnote: Diese Fußnote relativiert die Behauptung Stadlers

(S. 42), Wieland habe in einer der Hexenszenen in *Macbeth* (IV, 1, 37; in unserer Ausgabe Bd. 15) aus Unkenntnis einen wegen seines langen Nachwirkens unheilvollen Übersetzungsfehler begangen, indem er *baboon's blood* mit *eines Säuglings Blut* übertrug. Da Wieland bei der Bearbeitung von *Macbeth*, die erst zwei Jahre nach dem *Sturm* erschien, Warburtons Erläuterung bereits gekannt hat, wußte er um die Bedeutung des Wortes *baboon*. – Siehe auch die Notiz zu Bd. 7, *Timon von Athen*, 23,19f. unserer Ausgabe.

57 Fußnote Z. 6: *Endigung:* Das Original hat hier, ebenso wie AA, *Entdekung*. Es handelt sich jedoch zweifellos um einen Druckfehler: Warburton spricht in Wielands Vorlage von *termination*, dessen Bedeutung Wieland bei Boyer mit *ending of a word* angegeben fand.

57,18 *Floßfedern:* Soviel wie ›Flossen‹.

58,2f. *zusammenschrumpfen: shroud* (II, 2, 41), also wörtlich ›unterstellen, schützen, bergen‹. – Wielands sprachlich ungewöhnlicher Ausdruck veranschaulicht das Sich-Hineinducken.

58 Fußnote: John de Mandeville (oder Maundeville) lebte im 14. Jahrhundert, seine lateinische Reisebeschreibung erschien bereits Ende des 15. Jahrhunderts im Druck. Warburton bezieht sich wohl auf die englische Übersetzung *The Voyaige and Travaile, which treateth of the Way to Hierusalem, and of the Marvayles of Inde, with other Islands and Countryes*. London 1725.

58 Fußnote Z. 4: *seyne:* Bei Warburton *seyn*, also ist *seyne* wohl ein Druckfehler.

59,20 *er soll für den zahlen, der ihn hat: he shall pay for him that hath him* (II, 2, 79f.), also *wer ihn haben will, soll zahlen* (Reclam). Wielands Text gibt im Zusammenhang keinen rechten Sinn und ist wahrscheinlich in der Setzerei entstellt worden, etwa aus *der soll für ihn zahlen, der ihn hat.*

60,29 (sowie 61,3 und 62,8) *Mondkalb (Monkalb): moon-calf* (II, 2, 107, 112, 135). – ›Mon‹ statt ›Mond‹ ist im Schwäbischen heute noch gebräuchlich. *Mondkalb* (Adelung auch: *Monkalb*) bezeichnet im Deutschen wie im Englischen ein *monster; a false conception: supposed perhaps anciently to be produced by the influence of the moon* (Johnson).

63,13f. *puppenköpfige Ungeheuer: puppy-headed monster* (II, 2, 154f.). – Von AA als Fehlübersetzung bezeichnet, entstanden aus der Verwechslung von *puppy* mit *puppet*. Die Bedeutung von *puppy* als *a bitch's welp* ist jedoch bei Boyer angegeben. Wieland hat vielleicht an die stupiden Züge einer grob geschnitzten Holzpuppe gedacht, die Calibans Ungeschlachtheit besser charakterisieren als der Vergleich mit einem Welpenkopf. Schlegel: *mopsköpfige;* Reclam: *kindsköpfige*.

63,21 *vermaledeytes:* Im Original der bereits von AA verbesserte Druckfehler *vermaladeytes*.

65,17 *auf einander beugen:* ›Beigen‹ bedeutet im Schwäbischen noch heute soviel wie ›schichten, aufeinanderschlichten‹. Wenn Wieland *beugen* schrieb, so wollte er vermutlich den für das Schwäbische charakteristischen Diphthong ›ei‹, mit dem das hochdeutsche ›eu‹ ausgesprochen wird, bei dem eigentlich stets *beigen* gesprochenen und geschriebenen Wort in eine hochsprachliche Lautung überführen, die gar nicht existierte, was ihm jedoch 1763 noch unbekannt war. Bei Adelung ist *beugen* nur in den auch heute üblichen hochsprachlichen Bedeutungen aufgeführt.

70,19 *H**: tail* (III, 2, 10). – Wieland mildert ›Schwanz‹ zu ›Hintern‹.

73,13 *elster-mässiger Flegel: pied ninny* (III, 2, 62), also *gescheckter Tölpel* (Reclam). – Während Shakespeare auf das gescheckte Gewand eines Narren anspielt, verwendet Wieland das Bild einer schwarz-weiß-gefleckten Elster, eines wegen seiner Dreistigkeit und Geschwätzigkeit bekannten Vogels.

73,16 *Pfüzenwasser: brine* (III, 2, 65), also ›Salzbrühe‹. – Wieland veranschaulicht hier, wie immer wieder zu beobachten, aus der Situation heraus: Der Boden ist durch das Unwetter von Pfützen bedeckt.

76,5 *Bilboquet spielen: troll the catch* (III, 2, 115). – *Catch* ist ein Gesangsstück, ein Kanon (Reclam: *den Kanon trällern*). Da Boyer nur die Bedeutung *capture, prise, butin*, also ›Beute‹, verzeichnet, übertrug Wieland das Wort mit der zu seiner Zeit üblichen Bezeichnung für ein Spiel *mit einem Stäbchen, welches an beiden Enden eine napfförmige Vertiefung hat, worin man eine, mit einem Faden daran befestigte Kugel, die in die Höhe geschnellt wird, auffängt* (Campe). An die ebenfalls bei Campe verzeichnete Bedeutung *Gaukelmännchen oder Stehauf*, d. h. an ein Stehaufmännchen, hat Wieland, der von *catch* ausging, wahrscheinlich nicht gedacht.

76,15 *Biscayer-Trummel: tabor* (III, 2, nach 122). – *Tabor* ist bei Boyer mit *Tambour de basque* oder *tambourin* erklärt.

77,12 *im Traum: in dreaming* (III, 2, 138). – Im Original *ein Traum*, was zwar nicht unmöglich, aber doch wohl ein (schon von AA verbesserter) Druckfehler ist.

78,8 *Sct. Velten: By 'r lakin* (III, 3, 1), d. h. ›Ladykin‹, gemeint ist ›the Virgin Mary‹. *St. Velten*, die Anrufung des heiligen Valentin, wurde im Deutschen als Fluch gebraucht und ist wiederholt in Wielands Werken anzutreffen. Ein Fluch mit dem Namen der Jungfrau Maria wäre in Biberach und von der Zürcher Zensur als anstößig empfunden worden.

82,8 *Pflaumfeder:* Soviel wie ›Flaumfeder‹.

82,29 *mit Sordinen: to soft music* (III, 3, nach 82), d. h. die Musikinstrumente sind mit Dämpfern versehen.

87,16 *tripplend:* Typisch schwäbische Wortform.

89,22 *himmlischer Bogen:* Iris ist in der antiken Mythologie Dienerin und Botin der Juno, die sich auf ihrem Weg vom Himmel zur Erde des Regenbogens bedient, und daher auch die Personifikation des Regenbogens.

91,4 *zuthun:* Siehe die Notiz zu 29,20.

91,19 *Strohhüte:* Im Original der bereits von AA verbesserte Druckfehler *Strohütte*.

94,6 *Genister:* Siehe die Notiz zu 11,3-4.

97,25 *Quark: lime* (IV, 1, 245), gebraucht im Sinne von ›birdlime‹, also Vogelleim. Als *Quark* wurde im Deutschen bezeichnet der *geronnene Theil der Milch . . ., Koth . . ., Unreinigkeit* und *im gemeinen Leben . . . eine jede geringschätzige Sache aus Verachtung* (Adelung).

98,3 *Barnakel:* Der von Warburton nicht erläuterte Ausdruck ist bei Boyer erklärt und bedeutet *Kind of goose formerly supposed to develop from the fruit of a tree or from the shellfish so named* (Onions). – Die Fußnote stammt von Wieland.

98,17 *Sultan . . . Waldmann: Mountain . . . Silver* (IV, 1, 255f.). –

und 19 Wieland wählte Hundenamen, die im Deutschen üblich waren.

98,19 *geht's:* Im Original *geht*, als Druckfehler bereits von AA verbessert.

102,8 *abfrezt: Frexen*, im Schwäbischen *fretzen*, bedeutete soviel wie *fressen, abweiden*, war aber nur *im gemeinen Leben einiger Gegenden üblich* (Adelung).

105,14 *wenn diese Dinge anders würklich sind:* Das Wort *anders* ist, wie häufig im 18. Jahrhundert, in einer heute nicht mehr üblichen pleonastischen Wendung gebraucht, als *ein Bindewort, welches eine Bedingung ausdrückt, und sowohl mit wenn und wo, als auch allein angetroffen wird* (Adelung).

107,2 *Zum mindsten, der für mich eben so wichtig ist: As great to me, as late* (V, 1, 145), also *Genau so schwer für mich, genau so kürzlich* (Reclam). – AA vermutet hier eine Verwechslung von *as late* mit *at least*, doch ist, da sich kein klarer Sinn ergibt, auch an eine Entstellung durch die Setzerei zu denken.

107,11 *Wenn:* Soviel wie ›Wann‹.

111,17 *getakelt:* Im Original der schon in AA verbesserte Druckfehler *getekelt*.

112,20 *zuthun:* Siehe die Notiz zu 29,20.

115,5 *lauter Wunde: but a cramp* (V, 1, 286), wörtlich also *sondern ein einziger Krampf* (Reclam). – Wielands Übersetzung paßt sich dem vorhergehenden *touch me not* an.

**Nicht übersetzt sind:**

| | |
|---|---|
| 30, nach 11 | I, 2, 377-389 |
| 43, nach 13 | II, 1, 95-101 |
| 58, nach 4 | II, 2, 43f. |
| 58,8 | II, 2, 47-55 (Matrosenlied des Stephano) |
| 58, nach 18 | II, 2, 61-64 |
| 64, nach 17 | II, 2, 180-185 (Lied des Caliban) |
| 70,27 | III, 2, 16-19 |
| 76, nach 10 | III, 2, 119-121 |
| 90, nach 18 | IV, 1, 106-117 |
| 97, nach 23 | IV, 1, 236-244 |
| Am Ende | Epilog des Prospero |

# INHALT

# SHAKESPEARE[S] THEATRALISCHE WERKE

IN 21 EINZELBÄNDEN
ÜBERSETZT VON

## CHRISTOPH MARTIN WIELAND

ZWEITE ZÜRCHER AUSGABE
NACH DER ERSTEN ZÜRCHER AUSGABE
VON 1762 BIS 1766
NEU HERAUSGEGEBEN VON
HANS UND JOHANNA RADSPIELER

1. BAND *Ein St Johannis Nachts-Traum*
2. BAND *Das Leben und der Tod des Königs Lear*
3. BAND *Wie es euch gefällt; oder, die Freundinnen; ein Lustspiel*
4. BAND *Maaß für Maaß; oder: Wie einer mißt, so wird ihm wieder gemessen. Ein Lustspiel*
5. BAND *Der Sturm; oder: Die bezauberte Insel*
6. BAND *Der Kauffmann von Venedig*
7. BAND *Timon von Athen*
8. BAND *Leben und Tod des Königs Johann*
9. BAND *Julius Caesar, ein Trauerspiel*
10. BAND *Antonius und Cleopatra, ein Trauerspiel*
11. BAND *Die Irrungen, oder die doppelten Zwillinge, ein Lustspiel*
12. BAND *Leben und Tod Königs Richard des zweyten. Ein Trauerspiel*
13. BAND *Der Erste Theil, von König Heinrich dem vierten; Mit dem Leben und Tod von Heinrich Percy, genannt Hot-Spur*
*Der Zweyte Theil, von König Heinrich dem vierten; der seinen Tod, und die Crönung von Heinrich dem fünften enthält*
14. BAND *Viel Lermens um Nichts. Ein Lustspiel*
15. BAND *Das Trauerspiel, vom Macbeth*
16. BAND *Die zween edle Veroneser. Ein Lustspiel*
17. BAND *Romeo und Juliette. Ein Trauerspiel*
18. BAND *Othello, der Mohr von Venedig. Ein Trauerspiel*
19. BAND *Was ihr wollt. Ein Lustspiel*
20. BAND *Hamlet, Prinz von Dänemark. Ein Trauerspiel*
21. BAND *Das Winter-Mährchen. Ein Lustspiel*